Jules Verne

Eine Idee des Doctor Ox

fabula Verlag Hamburg

Verne, Jules: Eine Idee des Doctor Ox. Neuauflage. 2015
ISBN: 978-3-95855-323-1

Umschlaggestaltung: fabula Verlag Hamburg

Bibliografische Information der Deutschen Nationalbibliothek: Die Deutsche Nationalbibliothek verzeichnet diese Publikation in der Deutschen Nationalbibliografie; detaillierte bibliografische Daten sind im Internet über https://dnb.de abrufbar.

Der fabula Verlag Hamburg ist ein Imprint der Bedey & Thoms Media GmbH, Hermannstal 119k, 22119 Hamburg

---

fabula Verlag Hamburg, 2015
https://fabula-verlag-hamburg.de/
Gedruckt in Deutschland

Jules Verne

Eine Idee des Doctor Ox

fabula

Inhalt

Erstes Kapitel,

dem zufolge es unmöglich ist, die kleine Stadt Quiquendone selbst auf den hellen Karten zu finden.

Wenn Ihr Euch daran macht, auf einer älteren oder neueren Karte von Flandern die kleine Sadt Quiquendone aufzusuchen, wird Eure Mühe sich wahrscheinlich als vergeblich erweisen. Ist Quiquendone denn vom Erdboden verschwunden? Nein. Eine Stadt der Zukunft vielleicht? Auch das nicht. Sie existiert den Handbüchern der Geographie zum Trotz und zwar schon seit acht- oder neunhundert Jahren: ja, sie zählt sogar 2393 Seelen, wenn man jedem ihrer Bewohner eine Seele zuerkennen will. Quiquendone erstreckt sich dreizehn und ein halb Kilometer nordwestlich von Audenarde und fünfzehn und ein Viertel Kilometer südöstlich von Bruges, mitten in Flandern. Die Stadt liegt an dem Vaar, einem kleinen Nebenfluss der Schelde, über den drei Brücken hinwegführen, die sämtlich nach altertümlicher Weise überdacht sind.

Als Merkwürdigkeiten der Stadt sind zu nennen ein altes Schloß, dessen Grundstein vom Grafen Balduin, dem zukünftigen Kaiser von Konstantinopel, gelegt wurde, und ein Rathaus mit gotischen Bogenfenstern, das von Zinnen gekrönt und von einer dreihundertsiebenundfünfzig Fußhohen Warte mit Türmchen überragt wird.

Man hört hier jede Stunde ein Glockenspiel von fünf Oktaven, ein förmliches Luftklavier, das einen noch größeren Ruf hat, als das Glockenspiel in Bruges. Die Fremden – wenn nämlich überhaupt Fremde nach Quiquendone kommen – verlassen die Stadt nicht, ohne sich den Saal der Stadthonder

Suzel überreichte ihrem Vater die Pfeife.

angesehen zu haben, der mit einem Bilde von Brandon geschmückt ist, das Wilhelm von Nassau in Lebensgröße darstellt: ferner besuchen sie das Empor der Kirche Saint-Magloire, ein Meisterwerk der Baukunst aus dem sechzehnten Jahrhundert, den schmiedeeisernen Brunnen, der mitten auf dem großen Platze Saint-Ernuph ausgegraben ist, und dessen wundervolle Verzierung man dem Maler und Grobschmied Quentin Metsys verdankt, und endlich ein Grabmal der Maria von Burgund (Tochter Karl's des Kühnen), das ihr hier errichtet ist, obgleich sie jetzt in der Notre-Dame-Kirche zu Bruges ruht. Als Hauptindustriezweig betreibt Quiquendone die Fabrikation von Schlagsahne und Gerstenzucker auf großer Scala, und wird diese Fabrik seit Jahrhunderten in der Familie Tricasse verwaltet und vom Vater auf den Sohn vererbt. Aber trotz alledem ist Quiquendone nicht auf der Karte von Flandern zu finden; ob aus Vergesslichkeit der Geographen oder aus böslicher Absicht, ist mir unerforscht geblieben. So viel jedoch steht fest: Quiquendone existiert, und seine engen Straßen, seine befestigte Umfassungsmauer, seine Markthalle und endlich sein Bürgermeister legen beredtes Zeugnis dafür ab; ja der Letztere würde Euch auf das Klarste dartun können, daß Quiquendone in jüngster Zeit der Schauplatz eines ebenso außerordentlichen und unwahrscheinlichen, als wahrhaftigen Natur-Phänomens gewesen ist, und hierüber wollen wir in vorliegender Erzählung getreulich berichten.

Von den Flamändern des westlichen Flanderns lässt sich gewiss weder Böses sagen noch denken: sie zeigen sich als rechtschaffene, sparsame, gesellige, gleichmütige und gastliche Leute, die, was ihre Sprache und geistigen Fähigkeiten anbetrifft, vielleicht ein wenig schwerfällig sind, aber das erklärt noch immer nicht, wie es kommt, daß eine der interessantesten Städte des Landes ihren Platz in der neueren Kartographie erst noch erobern soll.

Ja, diese Unterlassungssünde der Geographen ist gewiss

zu bedauern. Wenn nun wenigstens die Geschichte, oder statt ihrer die Chroniken, oder doch wenigstens die Überlieferung des Landes die Stadt Quiquendone erwähnten! Aber nein; weder die Atlanten noch die Reisehandbücher sprechen von diesem vergessenen Ort, und selbst Herr Joanne, den man sonst wohl als einen Jäger auf kleine Nester bezeichnen kann, sagt kein Wort darüber. Daß solch ein Schweigen dem Handel und der Industrie von Quiquendone schaden muss, liegt auf der Hand; wir wollen diesem Ausspruch aber eiligst hinzufügen, daß die Stadt weder auf Handel noch Industrie Anspruch macht und ganz vorzüglich ohnedem fertig wird. Ihr Gerstenzucker und ihre Schlagsahne wird am Orte selbst verzehrt und nicht weiter ausgeführt. Kurz, die Quiquendonianer brauchen Niemanden; ihr Wünschen ist beschränkt und ihre Existenz eine durchaus bescheidene; sie verhalten sich ruhig, gemäßigt, kalt, phlegmatisch, mit einem Wort, als richtige »Flamänder«, wie sie ab und zu noch zwischen Schelde und Nordsee angetroffen werden.

Zweites Kapitel,

in dem sich der Bürgermeister von Tricasse und Rat Niklausse über städtische Angelegenheiten unterhalten.

»Sie glauben wirklich? fragte der Bürgermeister.

– Ja, ich glaube es, antwortete der Rat nach einem minutenlangen Schweigen.

– Wir müssen uns hüten, in dieser Sache leichthin zu verfahren, versetzte der Bürgermeister.

– Wir sprechen nun bereits seit zehn Jahren von der betreffenden, wichtigen Angelegenheit, würdiger van Tricasse, und ich muss gestehen, daß ich noch immer zu keinem Entschluss kommen kann.

– Ich begreife Ihr Zögern sehr wohl, hub der Bürgermeister nach einer viertelstündigen Überlegungspause wieder an, ich begreife Ihr Zögern sehr wohl und billige es; wir dürfen vor eingehender Prüfung der Frage keinen bestimmten Entschluss fassen.

– So viel ist gewiss, einen Zivilkommissar haben wir in einer so friedlichen Stadt, wie Quiquendone, nicht nötig, bemerkte Rat Niklausse.

– Unser Vorgänger, sagte der Bürgermeister in ernstem Ton, unser Vorgänger würde nie gewagt haben zu behaupten, daß irgend etwas gewiss sei. Jede solche Versicherung ist unangenehmen Rückschlägen unter worfen.«

Der Rat verneigte sich zum Zeichen seiner Zustimmung; dann hüllte er sich etwa eine halbe Stunde lang in tiefes Schweigen; während dieser Zeit waren Bürgermeister und Rat vollkommen ruhig gewesen, sie hatten auch nicht einen Finger gerührt. Endlich richtete Niklausse die Frage an Tricasse, ob sein Vorgänger – vor etlichen zwanzig Jahren – nicht auch den Gedanken gehabt habe, die Stelle eines Zivilkommissars eingehen zu lassen und so der Stadt Quiquendone die Ausgaben einer Summe von jährlich 1375 Franken und so und so viel Centimes zu ersparen.

»Allerdings, antwortete der Bürgermeister, indem er mit majestätischer Grandezza die klare Stirn berührte, allerdings; aber der würdige Mann ward uns entrissen, ehe er in Bezug auf diese wie auch manche andere Verwaltungsmaßregel einen Entschluss zu fassen gewagt hätte. Es war ein weiser Mann! warum sollte ich ihm nicht nachahmen?«

Rat Niklausse wäre außerstande gewesen, Gründe anzugeben, die diesen Ausspruch des Bürgermeisters entkräftet hätten.

»Wenn ein Mensch stirbt, ohne in seinem Leben irgend eine Entscheidung getroffen zu haben, fügte Tricasse mit nachdrücklichem Ernst hinzu, so ist er nahe daran gewesen, die Vollkommenheit auf dieser Welt zu erreichen!«

Nach diesen Worten drückte der Bürgermeister mit der Spitze seines kleinen Fingers auf ein Glöckchen, das hierauf einen Ton hören ließ, der mehr ein Seufzer als ein eigentlicher Klang zu nennen war, und fast unmittelbar darauf vernahm man leichte Schritte, die über die Fliesen der Hausflur herannahten. Eine Maus hätte nicht weniger Geräusch machen können, wenn sie über eine dichte Mokette[1] trippelte. Die Zimmertür ging auf, indem sie sich auf ihren geölten Angeln drehte, und ein junges Mädchen mit langen blonden Flechten trat ein. Es war Suzel van Tricasse, die einzige Tochter des Bürgermeisters. Sie überreichte ihrem Vater seine kunstgerecht gestopfte Pfeife und ein kupfernes Kohlenbecken und verschwand als bald ebenso geräuschlos, wie sie gekommen war, ohne ein einziges Wort gesprochen zu haben.

Der Bürgermeister zündete nun den ungeheuren Feuerraum seines Rauchinstruments an und verschwand bald in einer dichten Wolke bläulichen Dampfes, während sich Rat Niklausse von Neuem den allertiefsten Überlegungen hingab.

Das Zimmer, in dem diese beiden mit der Verwaltung von Quiquendone betrauten, angesehenen Persönlichkeiten also berieten, war ein reich mit Skulpturen aus dunkelm Holz geschmückter Saal. Ein hoher Kamin, ein so enormer Herd, daß man in ihm hätte einen Eichstamm verbrennen oder einen Ochsen braten können, nahm ein ganzes Fach der getäfelten Wand ein, und ihm gegenüber lag ein Gitterfenster mit geblendeten Scheiben, durch das die Sonnenstrahlen mit sanftem, gedämpftem Licht hereindrangen. Über dem Kamin hing in einem antiken Rahmen ein altertümliches Portrait irgend eines Pfahlbürgers, das einen Ahnherrn derer van Tricasse darstellen sollte und Hemling zugeschrieben wurde. Der Stammbaum der Familie van Tricasse reichte authentisch bis in's vierzehnte Jahrhundert zurück, einer Zeit, in der die

1 Eine Art Sammetzeug.

Flamänder und Gui von Dampierre gegen den Kaiser Rudolf von Habsburg kämpften.

Der beschriebene Saal bildete einen Teil des bürgermeisterlichen Hauses, eins der reizendsten Gebäude von Quiquendone: es war in echt flämischem Geschmack errichtet und mit all den malerischen und phantastischen Grillen und Überraschungen ausgestattet, welche die Spitzbogen-Architektur mit sich bringt. Wäre dies Haus ein Kartäuser-Kloster oder eine Taubstummenanstalt gewesen, so hätte es darin nicht ruhiger und stiller zugehen können: man wagte kaum aufzutreten und bewegte sich nur gleitend vorwärts; es wurde nicht laut gesprochen, sondern leise geflüstert, und doch fehlten dem Bürgermeisterhause nicht weibliche Bewohner, denn es beherbergte außer Frau Brigitte van Tricasse, der Frau des Herrn van Tricasse, die Tochter des würdigen Paares Suzel und ihre Magd Lotchè Jansheu. Auch müssen wir die Schwester des Bürgermeisters, Tante Hermance, eine alte Jungfer, anführen, die auf den Namen Tatanémance hörte, den ihr ihre Nichte Suzel, als diese noch ein kleines Mädchen war, beigelegt hatte. Trotz all dieser Elemente der Zwietracht, des Lärms und der Schwatzhaftigkeit war das Bürgermeisterhaus, wie schon erwähnt, so still und ruhig wie eine Wüste.

Herr van Tricasse, ein Mann von fünfzig Jahren, war weder besonders stark noch mager, weder groß noch klein, weder alt noch jung, weder lebhaft gerötet noch auch blass, weder fröhlich noch traurig, weder besonders zufrieden noch verdrießlich, weder sehr energisch noch weichherzig, weder stolz noch demütig, weder gut noch böse, weder freigebig noch geizig, weder tapfer noch feige, weder zu viel noch zu wenig, – ne quid nimis, – gemäßigt und Maß haltend an Allem; aber jeder Physiognom hätte wohl sofort an der unveränderten Langsamkeit seiner Bewegungen, an der herabhängenden Unterlippe, den stets gleichmäßig gehobenen Augenlidern und an seiner Stirn, die ohne jede Runzel einer Metallplatte glich, daß er in Herrn Tricasse das personifizierte Phlegma vor sich sah. Nie hatte weder Zorn noch eine sonstige Bewegung seinen Herzschlag beschleunigt oder seine Wangen höher gefärbt: und nie zogen sich seine Pupillen unter dem Eindruck irgend einer noch so vorübergehenden Gereiztheit zusammen. Er war einmal wie immer in einen guten, weder zu weiten noch zu engen Rock gekleidet, und nie gelang es ihm, die Röcke abzutragen. Seine starken viereckigen Schuhe mit dreidoppelter Sohle und silbernen Schnallen brachten durch ihre Dauer die Schuhmacher zur Verzweiflung, und sein großer Hut datierte noch aus der Zeit, als Flandern sich entschieden von Holland absonderte, und bekundete somit das ehrwürdige Alter von vierzig Jahren. Doch das Alles war wohl erklärlich: die Leidenschaften nutzen ebenso die Seele wie den Körper und mit ihm natürlich die Kleider ab, und unser würdiger Bürgermeister war nicht leidenschaftlich und ruinierte in Folge dessen weder sich noch seine Sachen. Aller dieser Eigenschaften wegen eignete aber auch gerade er sich dazu, Quiquendone und seine ruheliebenden Einwohner zu regieren.

Wirklich war die Stadt fast ebenso still, wie das Haus, in welchem der Bürgermeister das weit möglichste Lebensziel menschlichen Daseins zu erreichen hoffte; musste er doch noch erleben, daß die gute Frau Brigitte van Tricasse, seine Gemahlin, ihm in das Grab voranging, wo sie doch kaum eine tiefere Ruhe finden konnte, als die sie seit sechzig Jahren hier auf Erden genoß.

Vorstehendes verlangt eine Erklärung.

Die Familie von Tricasse hätte sich mit Fug und Recht »Familie Jeannot« nennen können, und das hing so zusammen.

Bekanntlich ist das Messer dieser typischen Persönlichkeit ebenso wenig abzunutzen wie sein Eigentümer, was darin seinen Grund hat, daß einmal der Stiel und dann wieder die

Klinge erneuert wird. Eine ähnlich Operation vollzog sich seit undenklicher Zeit, ja schon seit dem vierzehnten Jahrhundert in der Familie Tricasse, und was noch wunderbarer war, Mutter Natur gab sich mit ungewöhnlicher Gefälligkeit immer wieder dazu her, die Sache zu begünstigen. Wenn ein Tricasse Wittwer wurde, heiratete er eine van Tricasse, die jünger war als er: und wenn diese dann verwittwet war, verband sie sich mit einem van Tricasse, welcher abermals jünger war als sie, und der wiederum, wenn seine Frau starb... u.s.w. mit Grazie in infinitum; jeder starb mit fast mechanischer Regelmäßigkeit, sowie er an der Reihe war. Die würdige Frau Brigitte hatte nun bereits ihren zweiten Mann und musste, wenn sie ihre Pflicht und Schuldigkeit erfüllen wollte, wie es einer Tricasse zukam, ihrem zehn Jahre jüngeren Gemahl vorangehen, um einer neuen Tricasse Platz zu machen. Darauf hatte der ehrenwerte Bürgermeister von jeher mit absoluter Sicherheit gerechnet, denn wer konnte ihm zumuten, daß er der Erste sein solle, der sich gegen die Familiensatzungen von Alters her auflehnte!

Die würdige Frau Brigitte hatte ihren zweiten Mann.

So sah es in diesem stillfriedlichen Hause aus, in dem keine Türen knarrten, keine Fensterscheiben klirrten, keine Dielen ächzten, kein Kaminfeuer brummte, keine Wetterfahnen schrillten, keine Möbel knackten, keine Schlösser rasselten, und dessen Gäste nicht mehr Lärm machten, als ihr Schatten. Der göttliche Harpokrates hätte das Bürgermeisterhaus in Quiquendone zum Tempel des Schweigens geweiht.

Drittes Kapitel,

in dem der Kommissar Bassalaus einen ebenso unerwarteten als geräuschvollen Einzug hält.

Als die interessante Unterhaltung zwischen Bürgermeister und Rat begann, war es drei Viertel auf drei Uhr Nachmittags gewesen. Um drei Uhr fünfundvierzig Minuten hatte Tricasse seine Pfeife, die ein volles Viertelpfund Tabak schluckte, angezündet und um fünf Uhr fünfunddreißig Minuten hörte er auf zu rauchen.

Während dieser langen Zeit wurde zwischen den beiden Ratsherren kein Wort gewechselt.

Gegen sechs Uhr hub Herr Niklausse, der immer mittelst Figur der Prätermission oder Aposiopese vorzugehen pflegte, folgendermaßen an:

»So entschließen wir uns also? ...

– Nichts zu beschließen, fügte der Bürgermeister hinzu.

– Ich glaube in Summa, daß Sie recht daran tun, van Tricasse.

– Ich glaube das auch, Niklausse. Wir wollen in Bezug auf den Zivilkommissär Beschluss fassen, wenn wir einmal besonders inspiriert sind ... später ... Wir haben noch über einen Monat Zeit.

– Auch wohl noch ein Jahr«, meinte Niklausse, indem er sein Taschentuch entfaltete und sich desselben mit alleräußerster Diskretion bediente.

Wiederum breitete sich, etwa eine Stunde lang, neues Schweigen über die Beratenden, und nichts unterbrach diese neue Pause, nicht einmal das Erscheinen des ehrlichen Lento, des Haushundes, der nicht weniger phlegmatisch wie sein Herr, fein säuberlich und sittig durch den Saal schritt. Ein tugendhafter Hund, ein Muster für Alle seines Geschlechts. Wäre er aus Pappe verfertigt und mit Gummiröllchen an den Füßen versehen gewesen, er hätte während seines Besuchs nicht weniger Geräusch verursachen können.

Gegen acht Uhr, als Lotchè die antike Lampe mit geschliffener Kuppel hereingebracht hatte, wandte sich der Bürgermeister von Neuem an den Rat.

»Wir haben heute kein anderes, dringendes Geschäft zu erledigen, Niklausse?

– Nein, van Tricasse, nicht daß ich wüßte.

– Hat man mir nicht letzthin gesagt, daß der Turm des Audenarder Tors einzustürzen droht?

– Allerdings, bestätigte der Rat; es dürfte uns nicht in Erstaunen setzen, wenn er eines schönen Tages den Vorübergehenden auf den Kopf fiele und sie zerschmetterte.

– O! versetzte der Bürgermeister; ich hoffe doch, daß wir eine Entscheidung in Betreff des Turmes getroffen haben, bis sich ein solches oder ähnliches Unglück ereignet.

– Wir wollen es hoffen, van Tricasse.

– Es sind jetzt noch dringendere Fragen zu lösen.

– Allerdings, erwiderte der Rat; z.B. was die Lederhalle anbetrifft.

– Brennt sie immer noch? fragte der Bürgermeister.

– Ja, bereits seit drei Wochen.

– Haben wir nicht im Rate beschlossen, sie brennen zu lassen?

– Ja, van Tricasse, und zwar auf Ihren Vorschlag.

– War das nicht das sicherste und einfachste Mittel, der Feuersbrunst Herr zu werden?

– Ohne alle Widerrede.

– Warten wir das Weitere also ab. Das wäre Alles?

– Ja«, antwortete der Rat und kraute an der Stirn, als wolle er sich vergewissern, daß er keine wichtige Angelegenheit vergessen habe.

»Ah! meinte der Bürgermeister, haben Sie nicht auch von einer Wasserströmung reden hören, dic das untere Viertel von Saint-Jacques zu überschwemmen droht?

– O ja, erwiderte Rat Niklausse; es ist nur ärgerlich, daß sie nicht oberhalb der Lederhalle hinzieht; sie hätte dann auf natürliche Weise die Flammen gelöscht, und wir würden uns die bedeutenden Umstände und Kosten verschiedener Diskussionen haben sparen können.

– Das ist nun einmal nicht anders, Niklausse, tröstete der würdige Bürgermeister; es gibt nichts so Unlogisches als widrige Naturereignisse. Sie stehen in keiner Beziehung zu einander, und man kann nicht das eine benutzen, um den Schaden, den das andere anrichtet, zu verringern, wenn man das auch möchte.«

Es erforderte einige Zeit, bis Rat Niklausse diese seine Beobachtung seines Freundes gehörig verstanden und gewürdigt hatte.

– Nun? begann er kurze Zeit darauf, wir haben noch nicht unsere wichtigste Tagesfrage abgehandelt!

– Was für eine wichtige Tagesfrage? Haben wir denn eine wichtige Tagesfrage?

– Allerdings, Tricasse, es handelt sich um die Beleuchtung der Stadt.

– Ach richtig, nun fällt's mir ein, Sie meinen das Beleuchtungswerk des Doktor Ox.

– Gewiss.

– Nun, die Sache geht ihren Gang, Niklausse, erklärte der Bürgermeister. Man macht sich schon an die Röhrenlegung, und die Anstalt ist vollständig fertig.

– Wir haben uns doch vielleicht bei dieser Geschichte etwas übereilt, meinte der Rat kopfschüttelnd.

– Vielleicht, gab der Bürgermeister zu; aber zu unserer Entschuldigung sei es gesagt, der Doktor Ox bestreitet den ganzen Kostenaufwand seines Versuchs. Die Sache wird uns keinen Heller kosten.

– Das ist freilich eine sehr triftige Entschuldigung; auch muss man doch mit seiner Zeit fortschreiten, und wenn der Versuch gelingt, ist Quiquendone die erste Stadt in Flandern, die mit diesem Gas erleuchtet wird. Wie nennt er es doch? Oxy …

– Oxyhydrogengas.

– Also Oxyhydrogengas.

In diesem Augenblick wurde die Türe geöffnet, und Lotchè verkündete dem Bürgermeister, daß das Abendessen aufgetragen sei.

Rat Niklausse stand auf, um sich von Tricasse zu verabschieden, denn er setzte voraus, daß so viele wichtige Entschließungen ihm Appetit gemacht hätten. Man kam überein, daß der Rat der Notabeln zu einem ziemlich entfernten Zeitpunkt versammelt werden sollte, um zu entscheiden, ob in Bezug auf die ziemlich dringliche Turmfrage eine Entscheidung zu treffen sei.

Die beiden würdigen Ratsherren steuerten nun auf die Haustüre zu, indem der eine den anderen geleitete. Als Niklausse an die letzte Treppenstufe gekommen war, zündete er eine kleine Laterne an, die ihm durch die dunkeln Gassen Quiquendone's leuchten sollte, denn noch waren sie ja nicht durch die Beleuchtung des Doktor Ox erhellt. Die Nacht war tiefdunkel, man befand sich im Monat October, und ein leichter Nebel breitete sich über die Stadt.

Die Zurüstungen zum Fortgange des Rats Niklausse nahmen eine gute Viertelstunde Zeit für sich in Anspruch, denn nachdem er die erwähnte Laterne angezündet hatte, musste er seine großen ledernen Galoschen und die Fausthandschuhe aus Schafsfell anziehen. Demnächst klappte er den Pelzkragen seines Überziehers in die Höhe, drückte seinen Filzhut über die Augen, bewaffnete sich mit dem schweren Regenschirm, den eine schnabelförmige Krücke zierte, und war jetzt bereit, das Haus zu verlassen.

In demselben Augenblick aber, als Lotchè, die den beiden Herren geleuchtet hatte, den Riegel an der Haustüre zurückschieben wollte, ließ sich von außen ein heftiger Lärm vernehmen. So unglaublich dies scheinen mag, es war Lärm, wirklicher Lärm, wie ihn die Stadt wohl seit der Eroberung des Schloßturms durch die Spanier im Jahre 1513 nicht gehört hatte. Ein furchtbares Geräusch weckte das in tiefen Schlummer versunkene Echo des alten Bürgermeisterhauses. Diese Türe, die seit undenklichen Zeiten durch kein lautes Klopfen entweiht war, erdröhnte unter den brutalen Schlägen eines von kräftiger Hand geführten Knotenstocks, und Geschrei und Rufen ließ sich unmittelbar vor dem Hause hören.

»Herr van Tricasse! Herr Bürgermeister! öffnen Sie, öffnen Sie schnell!« tönte es verworren herein.

Bürgermeister und Rat sahen einander konsterniert an, ohne vor Bestürzung ein Wort hervorbringen zu können; das ging über ihre Fassungskraft. Wäre die alte Feldschlange des Schlosses, die seit 1385 nicht mehr in Tätigkeit gewesen war, plötzlich im Saale abgefeuert worden, die Bewohner des Hauses van Tricasse hätten nicht mehr »wie auf den Mund geschlagen« dastehen können, als in diesem Augenblick. Möge man die Trivialität dieses Ausdrucks entschuldigen, aber das Bezeichnende des Worts brachte mich über die Skrupel der Wahl hinaus.

Inzwischen verdoppelten sich die Schläge, das Schreien und Rufen nahm an Heftigkeit zu. Lotchè, die zuerst ihre Kaltblütigkeit wieder gewann, fasste sich ein Herz und fragte:

»Wer ist da?

– Ich bin's! ich! ich!

– Wer ist ich?

– Kommissar Passauf!«

Kommissar Passauf! über dessen Amt seit vollen zehn Jahren die Frage schwebte, ob es eingehen solle. Was in aller Welt musste passiert sein? Hatten die Burgunder Quiquendone überfallen, wie schon einmal im vierzehnten Jahrhundert? Nur ein Ereignis von dieser Tragweite konnte den Kommissar Passauf, der für gewöhnlich Herrn van Tricasse an Ruhe und Phlegma nichts nachgab, bis zu diesem Grade erschüttern.

Auf ein Zeichen des Bürgermeisters – der würdige Mann hätte in diesem Augenblick kein Wort über seine Lippen bringen können – wurde der Riegel zurückgeschoben, die Türe öffnete sich, und wie ein wilder Orkan fegte Kommissar Passauf in das Vorzimmer.

»Was gibt's, Herr Kommissar? fragte Lotchè, ein braves Mädchen, das auch in den schwierigsten Zeitläuften den Kopf oben behielt.

– Was es gibt? rief Passauf und seine Augen drückten eine wirkliche, wahrhaftige Aufregung aus, nun, ich komme soeben vom Doktor Ox, der heute Gesellschaft hatte, und dort …

– Und dort? inquirierte der Rat.

– Dort bin ich Zeuge eines Wortstreits gewesen, eines Wortstreits, der... Herr Bürgermeister, man hat von Politik gesprochen!

– Von Politik! wiederholte entsetzt der Bürgermeister, und die Haare seiner Perücke sträubten sich empor.

– Von Politik! bestätigte Passauf; seit vielleicht hundert Jahren ist das in Quiquendone nicht vorgekommen! Die Diskussion ist schärfer und schärfer geworden, und zuletzt sind der Advokat André Schut und Doktor Dominique Custos so heftig an einander geraten, daß ein Duell wohl unvermeidlich sein wird.

– Ein Duell! rief der Rat; ein Duell in Quiquendone! Beleuchten Sie die Sache näher, was für Reden haben Advokat Schut und Doktor Custos gegen einander geführt?

– Ich will es wörtlich wiederholen: 'Herr Advokat, sagte der Arzt, Sie gehen, wie mir scheint, etwas zu weit und denken nicht genug daran, Ihre Worte abzuwägen!'«

Der Bürgermeister van Tricasse faltete entsetzt die Hände; der Rat war erblasst und hatte vor Schreck seine Laterne fallen lassen. Der Kommissar schüttelte das Haupt. Eine so offenbar herausfordernde Redensart zwischen zwei Notabeln des Landes!

»Ich habe es lange gewußt, sagte der Bürgermeister in gedämpftem Tone, dieser Arzt ist ein gefährlicher Mensch, ein ganz entschiedener Hitzkopf. Treten Sie näher, meine Herren!«

Und Rat Niklausse, der Kommissar und Herr van Tricasse begaben sich in den Saal zurück.

Viertes Kapitel,

in dem sich Doktor Ox als Physiolog ersten Ruges und als kühner Experimentator erweist.

Wer war der Doktor Ox, diese Persönlichkeit, die unter so sonderbarem Namen schon mehrmals in unserer Erzählung erwähnt wurde?

Jedenfalls ein Original, zugleich aber ein genialer Gelehrter, ein Physiolog, dessen Arbeiten in der ganzen Gelehrtenwelt Europas hoch angesehen waren; der glückliche Nebenbuhler eines Davy, Dalton, Bostock, Menzies, Godwin, Vierordt und all der geistvollen Männer, welche die Physiologie in der neuern Zeit zu einer Wissenschaft ersten Ranges erhoben hatten.

Doktor Ox war von mittlerer Größe, mittlerer Stärke, im Alter von … aber nein, wir können seine Jahre ebenso wenig wie seine Nationalität genau bestimmen. Auch tut das nichts zur Sache; es ist genug, wenn wir wissen, daß Doktor Ox ein eigentümlich heißblütiger, exzentrischer Mensch war, den man in Verdacht haben konnte, daß er einem Bande Hoffmanns entsprungen sei. Daß dieser Mann mit den Bewohnern von Quiquendone einen eigentümlichen Contrast bildete, bedarf nach dieser Beschreibung keines besonderen Wortes.

Auf sich und seine Lehren setzte Doktor Ox ein unerschütterliches Vertrauen, und wenn er mit erhobenem Haupt und lächelndem Blick, den hübschen, schlanken Schultern und weitgeöffneten Nüstern einherging und in mächtigen Zügen mit seinem großen Munde die Luft einsog, machte er einen gefälligen Eindruck. Er war lebhaft, sehr lebhaft sogar, durchaus proportioniert munter und hatte Quecksilber in den Adern und hundert Nadeln in den Füßen. Es war ihm unmöglich, längere Zeit ruhig an einer Stelle zu bleiben, und leidenschaftliche Geberden wie übereilte Worte entfuhren ihm in Menge.

War dieser Doktor Ox denn reich, daß er auf eigene Kosten die Beleuchtung der ganzen Stadt bestreiten wollte?

Doch wohl, da er sich solche Ausgaben gestatten konnte. Aber dies ist auch die einzige Antwort, die wir auf solche indiscrete Frage geben können.

Doktor Ox hatte sich seit fünf Monaten in Quiquendone niedergelassen, und zwar in Gesellschaft seines Famulus Gédéon Ygen, der nicht weniger lebhaft als sein Herr, aber ein großer, schmaler, hagerer Mann war.

Weshalb nun hatte dieser Doktor Ox, und noch dazu auf seine eigene Kosten, die Beleuchtung der Stadt in Submission genommen, und warum gerade die Quiquendonianer, diese Flamänder aller Flamänder, auserwählt, um sie mit den Wohltaten seiner alles übertreffenden Beleuchtung zu beglücken? Wollte er unter diesem Vorwande ein großes physiologisches Experiment erproben und so in anima vili arbeiten? Auf all diese Fragen müssen wir die Erwiderung schuldig bleiben, denn Doktor Ox hatte keinen anderen Vertrauten als seinen Famulus Ygen, und dieser gehorchte ihm blindlings.

Allem Anscheine nach war aber Doktor Ox die Verpflichtung eingegangen, der Stadt eine Beleuchtung zu verschaffen, und diese war einer solchen bedürftig; »besonders in der Nacht«, bemerkte fein der Kommissar Passaus. So war eine Anstalt für die Erzeugung des Leuchtgases hergestellt worden, die Gasometer standen bereit zum Arbeiten, und die Leitungsröhren, die unter dem Straßenpflaster zirkulierten, sollten binnen Kurzem in Gestalt von Brennern in öffentliche Gebäude und sogar einige Privathäuser von Freunden des Fortschritts auslaufen.

Van Tricasse in seiner Eigenschaft als Bürgermeister, und Niklausse als Rat, wie auch einige andere Notabeln der Stadt, hatten geglaubt, die Einführung dieser modernen Beleuchtung in ihren Wohnungen autorisieren zu müssen.

Wenn der Leser es während der langen Unterhaltung von Bürgermeister und Rat nicht vergessen hat, wird er sich der Bemerkung erinnern, daß die Stadt nicht durch die Verbrennung des gewöhnlichen Kohlenwasserstoffs beleuchtet werden sollte, den die Destillation der Steinkohle liefert, sondern durch Anwendung eines neueren, zwanzig Mal intensiveren Gases, des Oxyhydrogengases, das durch Mischung von Hydrogen und Oxygen hervorgebracht wird. Nun wußte aber der Doktor als geschickter Chemiker und geistreicher Physiker dies Gas in großer Masse und zu sehr

»Ich komme soeben von Doktor Ox...«

wohlfeilem Preise zu erzeugen: nicht etwa durch Anwendung des mangansauren Natrons nach dem Verfahren des Herrn Tessié du Motay, sondern einfach durch Zerlegung des leicht gesäuerten Wassers vermittelst einer aus neuen Elementen zusammengesetzten und von ihm erfundenen Säure. Also keine kostspieligen Substanzen; kein Platina, keine Retorten, kein Brennstoff, kein empfindlicher Apparat, um die beiden Gase isoliert zu erzeugen. Ein elektrischer Strom durchfuhr ungeheure mit Wasser angefüllte Kübel, und das flüssige Element wurde in seine beiden wesentlichen Teile, Sauerstoff und Wasserstoff, zerlegt. Der Sauerstoff ging auf die eine, der Wasserstoff, in doppeltem Volumen wie sein ehemaliger Begleiter, auf die andere Seite. Beide wurden in getrennten Behältern gesammelt – eine sehr wesentliche Vorsichtsmaßregel, denn ihre Mischung hätte eine furchtbare Explosion hervorgerufen, so wie sie entzündet worden wäre. Dann sollten sie in gesonderten Röhren zu den verschiedenen Brennern geleitet werden, und diese waren in einer Weise konstruiert, die jede Explosion verhinderte. So musste ein ganz außerordentlich glänzendes Licht entstehen, eine Flamme, die mit dem elektrischen Licht rivalisiert, das (wie wohl allgemein bekannt) nach den Versuchen Casselmanns dem Licht von genau 1171 Kerzen gleich kommt.

»Nun, Ygen! rief Doktor Ox und rieb sich vergnügt die Hände; Sie haben gestern bei unserm Empfangsabend die guten Quiquendonianer kennen gelernt, diese kaltblütigen Leute, die an Lebhaftigkeit zwischen Schwämmen und Korallengewächsen die Mitte halten. Sie haben gesehen, wie sie sich mit Wort und Geberde herausforderten und schon anfangen, sich moralisch und physisch zu metamorphosieren. Und doch war das nur eben ein Anfang! Geben Sie Acht, was aus der Gesellschaft wird, wenn wir anfangen, sie mit starken Dosen zu behandeln.

Doktor Ox und sein Famulus Ygen.

– Allerdings, mein Herr und Meister, erwiderte Gédéon Ygen und rieb seine spitze Nase mit dem Zeigefinger; der Versuch fängt gut an. Wenn ich nicht selbst vorsichtig den Hahn zugedreht hätte, weiß ich nicht, was passiert wäre.

– Sie haben gehört, wie dieser Advokat Schut und der Doktor Custos mit Redensarten auf einander losgingen, hub Doktor Ox wieder an, und wenn ihre Worte auch an und für sich nicht so schlimm waren, wie die Helden Homer's sie einander an die Köpfe zu werfen pflegten, ehe sie das Schwert aus der Scheide zogen, für Quiquendonianer waren sie doch schon recht nett. Ach diese Flamänder! Nun, Sie werden sehen, Ygen, was wir noch an ihnen erleben werden.

– Undankbarkeit werden wir an ihnen erleben, sagte Gédéon Ygen im Ton eines Menschen, der das Geschlecht der Erdenbürger nach seinem richtigen Wert zu schätzen weiß.

– Bah! rief der Doktor, ob sie uns Dank wissen oder nicht, wenn nur unser Versuch gelingt.

– Ist übrigens nicht für die Lungen der guten Leute in Quiquendone zu fürchten, wenn wir in ihren Respirationsapparaten solche Aufregung hervorrufen?

– Schlimm für sie, meinte Doktor Ox; es geschieht eben im Interesse der Wissenschaft. Was würden Sie, Ygen, dazu sagen, wenn es Hunden oder Fröschen auf einmal einfallen wollte, sich unseren Vivisektionsversuchen[2] zu widersetzen?«

Wenn man Frösche und Hunde um ihre Meinung in dieser Angelegenheit fragen wollte, würden sie aller Wahrscheinlichkeit nach gegen die Künste der Vivisektoren Einsprache erheben; aber Doktor Ox glaubte ein unwiderlegliches Argument ausgesprochen zu haben, denn er ließ einen gewaltigen Seufzer der Befriedigung hören.

»Sie haben eigentlich recht, Meister, erwiderte Gédéon Ygen überzeugt. Wir hätten nichts Besseres zu unserem Experiment finden können, als dies Quiquendone.

2 Zergliederung lebender Tiere.

– Absolut nicht, bestätigte der Doktor mit nachdrücklicher Betonung.

– Haben Sie den Creaturen ihren Puls gefühlt?

– Wohl hundert Mal.

– Und die Durchschnittszahl der beobachteten Pulsschläge?

– Nicht fünfzig in der Minute. Verstehen Sie mich recht, Ygen, eine Stadt, in der seit einem Jahrhundert nicht der Schatten einer Diskussion vorgekommen ist, in der die Fuhrleute nicht fluchen, die Kutscher sich nicht schimpfen, die Pferde nicht durchgehen, die Hunde nicht beißen, und die Katzen nicht kratzen! eine Stadt, in der das einfache Polizeigericht von einem Ende des Jahres bis zum anderen feiert! eine Stadt, in der man sich weder für Industrie noch Kunst interessiert! eine Stadt, in der die Gensdarmen in die Zeit der grauen Mythe gehören, und in der seit einem Jahrhundert kein Protokoll aufgenommen ist! eine Stadt endlich, in der seit dreihundert Jahren kein Faustschlag und keine Ohrfeige ausgeteilt wurde! Sie werden sich selber sagen können, Meister Ygen, daß dieser Zustand nicht länger fortdauern kann, und wir das Alles umgestalten müssen.

– Vorzüglich! ganz vorzüglich! rief der Famulus begeistert. Haben Sie auch schon die Luft hier in der Stadt analysiert, Meister?

– Ist bereits geschehen, versetzte Doktor Ox; neunundsiebzig Teile Stickstoff und einundzwanzig Teile Sauerstoff, Kohlensäure und Wasserdampf in veränderlicher Menge. Das sind die gewöhnlichen Verhältnisse.

– Gut, Doktor, gut; der Versuch wird im Großen angestellt werden und jedenfalls entscheidend sein, meinte schließlich Ygen.

– Und wenn er entscheidend ist, rief Doktor Ox triumphierend, werden wir die Welt reformieren.«

Fünftes Kapitel,

in welchem Bürgermeister und Rat dem Doktor Ox einen Besuch abstatten, und was sich darauf zuträgt.

Rat Niklausse und der Bürgermeister van Tricasse erfuhren endlich einmal, was eine aufgeregte Nacht bedeutet; der bedenkliche Vorgang im Hause des Doktor Ox verursachte Beiden wirkliche Schlaflosigkeit. Was würde diese Angelegenheit für Folgen haben? man konnte bis jetzt noch nichts Bestimmtes darüber in's Auge fassen. Wäre vielleicht eine Entscheidung zu treffen? Würden sie, als Vertretung der Munizipalgewalt, genötigt sein, sich in's Mittel zu schlagen? Sollten Edicte erlassen werden, damit ein derartiges Ereignis nicht wieder vorkäme?

All diese Zweifel beunruhigten die weichen Naturen der beiden Räte nur noch mehr. Übrigens hatten sie an dem denkwürdigen Abend, bevor sie sich trennten, noch »entschieden«, daß sie sich am andern Morgen wieder zusammenfinden wollten.

Am folgenden Morgen begab sich also der Bürgermeister schon vor dem Mittagessen in Person zu dem Rat Niklausse. Er hatte die Genugtuung, seinen Freund ruhiger zu finden, und auch er selbst gewann nach und nach seine Fassung wieder.

»Nichts Neues? fragte Tricasse.

– Seit gestern nichts Neues.

– Und der Arzt Dominique Custos?

– Ich habe ebenso wenig von ihm wie von dem Advokaten André Schut etwas gehört.«

Nach einer Unterhaltung, die etwa eine Stunde währte, sich aber ohne Mühe in drei Zeilen zusammenfassen ließe, wurde von Bürgermeister und Rat beschlossen, daß sie dem Doktor Ox einen Besuch abstatten und ihn hierbei auf delicate Weise über die Vorgänge am verflossenen Abend ausholen wollten; natürlich ohne ihre Absicht merken zu lassen.

Als die beiden Herren, ganz ihrer sonstigen Gewohnheit zuwider, diese Entscheidung getroffen hatten, schritten sie sofort zur Ausführung des Plans. Sie verließen das Haus und steuerten auf die Anstalt des Doktor Ox zu, die vor dem Andenarder Tor gelegen war.

Bürgermeister und Rat gaben sich zwar nicht den Arm, gingen aber passibus aequis in langsamem, feierlichem Schritt einher, so daß sie nur etwa dreizehn Zoll in der Secunde vorwärts kamen. Es war dies, nebenbei bemerkt, der gewöhnliche Amtsschritt ihrer Verwaltungsuntergebenen, die seit Menschengedenken nicht in eiligem Tempo durch die Straßen von Quiquendone gegangen waren.

Von Zeit zu Zeit, wenn die beiden Notabeln an einem Kreuzweg der ruhigen, stillen Straßen ankamen, blieben sie stehen, um die Leute zu begrüßen.

»Guten Morgen, Herr Bürgermeister, sagte hier Jemand.

– Guten Morgen, lieber Freund, erwiderte leutselig Tricasse.

– Nichts Neues, Herr Rat? fragte ein Anderer.

– Durchaus gar nichts«, versetzte Niklausse.

Aber trotzdem sah man an einem gewissen fragenden Blick der Vorübergehenden, daß der scandalöse Auftritt vom vergangenen Abend bereits stadtbekannt geworden war, und auch der Stumpfsinnigste aller Quiquendonianer hätte durch die von den Herren eingeschlagene Richtung sofort erraten, daß ihr Gang mit dem betreffenden Ereignis zusammenhing. Es hatten sich übrigens, trotzdem die Sache allgemein besprochen wurde, noch keine Parteien gebildet, denn sowohl Arzt wie Advokat waren in Quiquendone sehr geachtete Persönlichkeiten. Und wie sollten sie auch nicht? Hatte doch der Advokat Schut in dieser Stadt, wo Anwälte und Gerichtsdiener nur pro forma existierten, nie Gelegenheit gehabt, einen Prozess zu führen und demzufolge nie einen verloren; und was den Arzt Custos anlangte, so war er ein sehr ehrenwerter Praktikus, der die Patienten von allen Krankheiten heilte – natürlich aus genommen von derjenigen, an der sie starben. Es ist das eine leidige Gewohnheit, die von den Mitgliedern aller, Fakultäten, in welchem Lande sie ihre Kunst auch betreiben mögen, angenommen worden ist.

Als Herr van Tricasse und Rat Niklausse am Audenarder Tor ankamen, hielten sie es für angemessen, einen kleinen Bogen um den baufälligen Turm zu machen. Man war doch nicht darüber sicher, was passieren konnte.

»Ich glaube wirklich, daß er einstürzen wird, bemerkte Tricasse.

– Ich glaube es auch, gestand Niklausse.

– Wenn man ihn nämlich nicht stützt, fügte Tricasse hinzu, aber ob man ihn stützen soll, das ist eben die Frage.

– Und diese Frage müssen wir erörtern«, schloss der Rat.

Einige Augenblicke später langten die beiden Herren an der Tür der Anstalt an.

»Ist Doktor Ox zu sprechen?« fragten sie.

Natürlich war Doktor Ox für die ersten Behörden der Stadt immer zu sprechen, sie wurden gebeten, näher zu treten, und befanden sich bald in dem Zimmer des berühmten Physiologen.

Die beiden Notabeln hatten hier eine gute Zeit – es mochte eine Stunde sein – zu warten; zum ersten Mal in seinem Leben gab der Bürgermeister Zeichen von Ungeduld, und auch sein Begleiter fühlte sich nicht ganz frei von solchen Anwandlungen.

Endlich trat Doktor Ox ein und entschuldigte sich, daß er die Herren so lange habe warten lassen; es sei ihm eben der Plan zu einem Gasometer vorgelegt worden, an dem eine Verzweigung zu rektifizieren gewesen wäre u.s.w.

Übrigens ging alles rüstig vorwärts, die für das Oxygen bestimmten Leitungen seien bereits gelegt, und binnen wenigen Monaten würde die Stadt mit brillanter Beleuchtung ausgestattet sein. Die beiden Notabeln hatten schon mit Genugtuung die Röhrenmündungen bemerkt, die in das Arbeitszimmer des Doktors ausliefen.

Sodann erkundigte sich der Doktor nach dem Motiv, das ihm die Ehre verschaffe, den Herrn Bürgermeister und Rat Niklausse bei sich zu sehen.

»Nun, wir wollten einmal bei Ihnen vorsprechen, um Sie zu sehen, Herr Doktor, begann Tricasse; es ist geraume Zeit her, daß wir das Vergnügen hatten. In unserer guten Stadt Quiquendone kommen wir wenig aus dem Hause, und unsere Schritte sind genau abgemessen. Wir finden es eben am besten, wenn das Gleichgewicht durch nichts gestört wird.«

Niklausse sah seinen Freund erstaunt an; niemals, so lange er ihn kannte, hatte der Bürgermeister so lange hintereinander gesprochen, so viel gesagt, ohne seine Sätze durch breite Pausen zu trennen. Es schien beinahe, als drückte sich Tricasse mit einer gewissen Zungengeläufigkeit aus, die bei ihm vollständig abnorm war. Niklausse selber verspürte, ob von solchem Beispiel angestachelt oder durch irgend einen andern Beweggrund veranlasst, eine unwiderstehliche Lust, sich in's Gespräch zu mischen.

Doktor Ox schaute den Bürgermeister mit einem eigentümlich boshaften Zuge um den Mund aufmerksam an.

Tricasse, der sonst immer erst auf eine Diskussion einging, wenn er sich bequem in einem Lehnsessel eingeschachtelt hatte, führte heute seine Unterredung stehend. Eine sonderbare, nervöse Überreiztheit, die bis jetzt seiner Gemütsstimmung ganz fern gelegen hatte, erfasste ihn von Minute zu Minute mehr. Noch gestikulierte er zwar nicht, aber auch das konnte nicht mehr lange auf sich warten lassen. Was Rat Niklausse anlangt, so rieb er sich mit steigender Vehemenz die Schenkel und holte tief und schwer Atem, wie Jemand, der nur auf die Gelegenheit wartet, dem Freunde und Vertrauten beizuspringen.

Van Tricasse war, wie bereits erwähnt, aufgestanden, hatte einige Schritte getan und sich schließlich dem Doktor gerade gegenüber gestellt.

»Und in wie viel Monaten gedenken Sie mit Ihren Arbeiten fertig zu werden, Herr Doktor? fragte er jetzt mit leichter Betonung.

– In einem Vierteljahr oder etwas darüber, antwortete Doktor Ox.

– Also in drei bis vier Monaten, meinte der Bürgermeister; das ist noch lange hin, Herr Doktor.

– Ja, gewiss, viel zu lange! fügte Niklausse hinzu, der sich nicht länger auf seinem Platz halten konnte und gleichfalls aufgesprungen war.

– Wir brauchen diese Zeit notwendig für unsere Zurüstungen, entgegnete der Doktor; die Arbeiter – wir haben sie hier aus der Bevölkerung von Quiquendone wählen müssen – sind eben nicht sehr rasch und gewandt.

– Wie, die hiesigen Arbeiter wären Ihnen nicht rasch und gewandt genug? rief der Bürgermeister, der diese Äußerung als eine persönliche Beleidigung aufzufassen schien.

– Nein, Herr Bürgermeister, das kann man wohl nicht behaupten, erwiderte der Doktor nicht ohne Absicht. Ein französischer Arbeiter würde an einem Tage mehr leisten, als zehn von Ihren Leuten in derselben Zeit. Sie wissen, es sind echte Flamänder! ...

– Wie, Flamänder! rief Rat Niklausse, und seine Fäuste ballten sich; was für eine Bedeutung verbinden Sie mit diesem Wort, wenn man fragen darf, Herr?

– Nun, die – liebenswürdige Bedeutung, die ihm von Jedermann beigelegt wird, begütigte lächelnd der Doktor.

– Aber, Herr Doktor, begann von Neuem der Bürgermeister, indem er das Zimmer von einem Ende bis zum andern

»Wie, die hiesigen Arbeiter wären Ihnen nicht rasch genug?...«

durchmaß, ich muss mir die Bemerkung erlauben, daß ich dergleichen Insinuationen durchaus nicht liebe.

Die Handwerker Quiquendone's können es mit den Arbeitern jeder andern Stadt aufnehmen, und wir gedenken, weder in Paris noch London in dieser Beziehung unsere Vorbilder zu suchen. Was Ihre Zurüstungen betrifft, so muss ich dringend bitten, sie so sehr wie irgend möglich zu beschleunigen. Das Straßenpflaster ist, wie Sie wissen, zur Legung der Röhren aufgerissen, und das ist ein sehr unangenehmes Hindernis für den Verkehr. Der Handel könnte sich schließlich beklagen, und ich, als erster Verwaltungsbeamter der Stadt, möchte mir nicht so gerechtfertigte Vorwürfe zuziehen.«

Der wackere Mann! er hatte von Handel und Verkehr gesprochen, und die so ungewohnten Worte waren ihm nicht in der Kehle stecken geblieben? Aber was in aller Welt war denn plötzlich mit ihm vorgegangen?

»Übrigens kann die Stadt nicht länger die Beleuchtung entbehren, fügte Rat Niklausse hinzu.

– Eine Stadt, die seit acht bis neunhundert Jahren ohne dieselbe fertig geworden ist ... meinte der Doktor in zweifelndem Ton.

– Nur noch ein Grund mehr für unsere Behauptung, nahm der Bürgermeister wieder das Wort, indem er jede Sylbe nachdrücklich betonte; andere Zeiten, andere Sitten! Der Fortschritt macht sich überall geltend, und wir gedenken nicht hinter unserer Zeit zurückzubleiben. Wir erwarten bestimmt, daß unsere Stadt in einem Monat Beleuchtung hat, oder Sie werden für jeden Tag der Verzögerung eine bedeutende Geldbuße erlegen. Was für unberechenbare Folgen könnte es z.B. haben, wenn sich in den finsteren Gassen ein Streit entspänne!

– Gewiss, rief Niklausse, und es bedarf nur eines Funkens, um den Flamänder in Feuer zu bringen. Flamander, flamm an!

– Apropos, fiel ihm der Bürgermeister in's Wort, der Kommissar Passauf, das Oberhaupt der städtischen Polizei, hat uns von einem Streit Mitteilung gemacht, der gestern Abend in Ihren Salons, Herr Doktor, stattgefunden haben soll. Wenn mir recht berichtet ist, so hat es sich um eine politische Diskussion gehandelt?

– Das kann ich allerdings nicht in Abrede stellen, Herr Bürgermeister, erwiderte Doktor Ox, der nur mit Mühe ein Lächeln der Befriedigung unterdrücken konnte.

– So beruht also diese unangenehme Differenz zwischen dem Arzt Dominique Custos und dem Advokaten André Schut wirklich auf Wahrheit?

– Ja, Herr Rat, aber die Ausdrücke, deren sich die Herren bedienten, hatten durchaus nichts Bedenkliches.

– Wie, nichts Bedenkliches? rief der Bürgermeister; Sie halten es nicht für bedenklich, wenn ein Mann dem andern in's Gesicht sagt, er messe die Tragweite seiner Worte nicht ab? Aus was für einem Teig sind Sie denn gebacken, Herr, wenn Sie nicht wissen, daß es in Quiquendone keines weiteren Anlasses bedarf, um die bedauerlichsten Folgen herbeizuführen? Ich kann Sie versichern, Herr, wenn Sie oder sonst Jemand sich erlaubte, so mit mir zu sprechen...

– Oder mit mir ...« fügte Rat Niklausse hinzu.

Als die beiden Notabeln ihrem Groll in diesen Worten Luft gemacht hatten, sahen sie dem Doktor Ox mit so drohender Miene und emporsträubendem Haar in's Gesicht, als seien sie bereit, bei dem geringsten Widerspruch in Wort, Geberde oder Blick, ihm übel mitzuspielen.

Aber der Doktor verzog keine Miene.

»Jedenfalls gedenke ich Sie für das, was in Ihrem Hause vorgeht, verantwortlich zu machen, nahm der Bürgermeister wieder das Wort. Ich bürge für die Ruhe der Stadt Quiquendone und werde die ernstesten Maßregeln ergreifen, damit dieselbe nicht wieder gestört wird. Dinge, wie sie gestern

Abend in diesem Hause geschehen sind, werden in Zukunft nicht wieder vorkommen, ohne daß von meiner Seite strenges Einschreiten erfolgt. Haben Sie mich verstanden? Aber so antworten Sie doch, Herr!«

Als der Bürgermeister so sprach, schwoll seine Stimme in zornigem Tonfall so an, daß man ihn vor dem Hause hätte vernehmen können. Als er sah, daß Doktor Ox nicht das Geringste auf seine Herausforderung erwiderte, geriet er vollends außer sich:

»Kommen Sie, Niklausse«, rief er wütend, warf die Türe mit einer Heftigkeit in's Schloß, daß das ganze Haus erdröhnte, und zog den Rat mit sich fort.

Als die Herren einige zwanzig Schritt auf freiem Feld gemacht hatten, beruhigten sich allmälig ihre Nerven, ihr Schritt mäßigte sich mehr und mehr, und die dunkle Zornesröte auf ihren Wangen verwandelte sich wieder in das frühere matte Rosa.

Eine Viertelstunde nachdem sie die Anstalt verlassen hatten, wandte sich Tricasse zu seinem Rat und sagte mit sanfter quiquendonianischer Stimme:

»Wirklich ein liebenswürdiger Mensch, dieser Doktor Ox: ich muss gestehen, daß ich ihn immer mit dem größten Vergnügen besuche.«

Sechstes Kapitel,

in dem Frantz Niklausse und Suzel von Tricasse Zukunftspläne schmieden.

Unsere Leser werden sich erinnern, daß der Bürgermeister van Tricasse eine Tochter, Fräulein Suzel, besaß; aber so scharfsichtig sie auch sein mögen, gewiss haben sie nicht erraten, daß Rat Niklausse auch einen Sohn mit Namen Frantz hatte. Und selbst, wären sie auf diese Idee gekommen, so wüßten sie noch immer nicht die Hauptsache, daß Frantz Suzel's Verlobter war. Wir fügen dieser Mitteilung noch hinzu, daß die beiden jungen Leute wie für einander geschaffen waren, und daß sie sich so leidenschaftlich liebten, wie man sich eben in Quiquendone lieben kann.

Man muss durchaus nicht glauben, daß in dieser exzeptionellen Stadt junge Herzen nicht auch geschlagen hätten, nur geschah das mit einer gewissen Ruhe und Langsamkeit. Natürlich heirateten die Leute in Quiquendone wie auch sonst überall, aber man brauchte Zeit dazu. Jeder wollte seinen Zukünftigen oder seine Zukünftige gründlich studieren, ehe die fesselnden Bande sich um ihn und sie schlangen, und solche Studien pflegten, wie auf einem regulären Gymnasium, mindestens zehn Jahre zu dauern. Daß ein Paar vor dieser Zeit »für reif erklärt« wurde, kam äußerst selten vor.

Ja, zehn Jahre, volle zehn Jahre brauchte man, um sich in Quiquendone den Hof zu machen, und eigentlich war den Leuten in dieser Beziehung nicht Unrecht zu geben. Es erfordert zehn Jahre des Studiums, um Ingenieur, Arzt, Advokat oder Präfecturbeamter zu werden, und doch denkt man in weit kürzerer Zeit die nötige Vorbereitung zu einem Bund für's ganze Leben, für die vielseitigen Pflichten und Sorgen eines Ehemanns und Hausvaters zu erwerben. Mag diese Einrichtung bei den Quiquendonianern nun Sache des Temperaments oder der Vernunft gewesen sein, sie scheinen mir in dieser Hinsicht das Richtige getroffen zu haben. Wenn man sieht, wie in freieren und lebhafteren Städten in Zeit von wenigen Monaten Heiraten zu Stande kommen, so zuckt man unwillkürlich die Achseln und kann sich des Wunsches nicht erwehren, seine Söhne und Töchter auf das Gymnasium oder ein Pensionat in Quiquendone zu schicken.

Mir wurde eine einzige Heirat angeführt, die seit einem halben Jahrhundert dort in Zeit von zwei Jahren abgeschlossen war, und von dieser behauptete man, daß sie beinahe sehr übel ausgeschlagen sei!

Also Frantz Niklausse liebte Suzel von Tricasse, aber ruhig und stillfriedlich, wie wir eben lieben, wenn noch zehn Jahre des Werbens um den geliebten Gegenstand vor uns liegen. Allwöchentlich ein einziges Mal, zu fest bestimmter Stunde, holte Frantz seine Suzel zu einem Spaziergang am Ufer des Vaar ab; natürlich nie, ohne daß er seine Angelschnur, Suzel ihre Stickarbeit mitnahm, an der ihre hübschen Finger dann die unwahrscheinlichsten Blumen mit einander vermählten.

Übrigens möchte es hier am Ort sein, etwas näher auf die Persönlichkeit des jungen Mannes einzugehen. Frantz war etwa zweiundzwanzig Jahre alt, ein leichter Pfirsichflaum sprosste auf seinen Wangen, und wenn er sprach, hörte man, daß er eben erst den Stimmwechsel hinter sich hatte.

Suzel dagegen war blond und rosig, siebenzehn Jahre alt und hegte keinen Widerwillen gegen die Angelfischerei; freilich eine sonderbare Beschäftigung, die eine Schlauheit verlangt, wie sie einer jungen Barbe würdig wäre. Aber Frantz liebte diesen Zeitvertreib, der so vorzüglich zu seinem Temperament passte, denn er war über alles Maß geduldig und gefiel sich darin, mit träumerischem Auge nach dem Korkpfropfen zu starren, der auf dem Wasserspiegel hin und her zitterte. Wenn sich dann, nach sechsstündiger Sitzung, ein bescheidenes Fischchen Frantzens erbarmte und anbiss, war er sehr zufrieden und glücklich, wusste aber doch seine Aufregung zu beherrschen.

An jenem Tage nun saßen die beiden Verlobten wieder auf dem grünenden Flußufer und ließen, einige Fuß tiefer, den Vaar an sich vorüberziehen. Suzel zog mit gewohntem Phlegma die Wollnadel durch ihren Kanevas, und Frantz ließ automatisch seine Angelrute von der linken Seite zur rechten gehen, um sie dann wieder von der Rechten zur Linken stromabwärts gleiten zu lassen. Die Bärbchen sprangen munter im Wasser umher und wählten ihre Promenaden dicht an der Oberfläche des Wassers um den Angelkork, während der Haken tief unten in der Flut vergeblich auf Beute harrte.

Von Zeit zu Zeit sagte Frantz, ohne irgendwie die Augen nach dem Mädchen zu wenden, in seiner ruhigen Weise:

»Ich glaube, jetzt beißt Einer an, Suzel.

– Wirklich, Frantz? fragte das junge Mädchen, ließ für einige Augenblicke die Arbeit in den Schoß sinken und folgte mit regem Blick der Angel ihres Verlobten.

– Ach nein, es war nichts, bemerkte dann Frantz; ich dachte, die Angel bewegte sich, aber ich habe mich wohl geirrt.

– Es wird schon Einer anbeißen, Frantz, redete ihm Suzel mit ihrer weichen klaren Stimme zu; vergiss nur nicht, zur rechten Zeit anzuziehen. Du kommst immer ein paar Secunden zu spät, und dann kann das Bärbchen entwischen.

– Was meinst Du, Suzel, willst Du nicht ein Mal meine Angel nehmen?

– Ja, Frantz, sehr gern.

– Du kannst mir unterdessen Deine Stickerei geben; ich will versuchen, ob es mir heute damit besser glückt, wie mit dem Fischen.«

Das junge Mädchen ergriff mit zitternder Hand die Angelrute, während Frantz den Kanevas nahm und einen Stich an den andern reihte. So saßen sie Stunden lang, tauschten ab und zu ein freundliches Wort aus und sahen auf den Angelkork, der bei jeder kleinen Bewegung ihre Herzen höher schlagen ließ. Ach, möchten sie niemals diese Stunden ungestörten, friedenvollen Glückes vergessen, in denen sie so traulich bei einander waren und auf das Gemurmel der vorüberziehenden Wellen lauschten!

An dem betreffenden Tage hatte sich die Sonne schon tief gesenkt, und doch biss, trotzdem Suzel und Frantz ihre Angeltalente kombinierten, noch immer keiner an. Unter den Bärbchen schien sich heute auch nicht eins zu finden, das

Mitleid genug mit den jungen Leuten gehabt hätte, um anzubeißen, und diese wiederum waren zu gerecht, um ihnen das übel zu nehmen.

»Ein ander Mal wird es besser glücken, Frantz, tröstete Suzel, als ihr Fischer seinen jungfräulichen Haken wieder auf dem Tannenbrettchen befestigte.

– Wollen es hoffen, Suzel.«

Und nun machten sich Beide, ohne ein Wort weiter zu wechseln, auf den Nachhauseweg, so stumm wie ihre Schatten, die sich mehr und mehr verlängerten. Suzel sah, wie sie unter den schrägen Strahlen der untergehenden Sonne groß und größer wurde, und Frantz sah beinahe so mager und dünn aus, wie die lange Angelrute, die er in der Hand trug.

Endlich gelangten sie bis an das Bürgermeisterhaus, vor dem Gras und Kraut zwischen den Pflastersteinen grünte und die Straße auf's Beste polsterte, so daß das Geräusch der Tritte nur gedämpft hineinklang.

Als die Haustüre sich gerade öffnen sollte, glaubte Frantz noch einige Worte mit seiner Braut sprechen zu müssen:

»Du weißt, Suzel, der große Tag kommt heran.

– Ja, Frantz, er naht! bestätigte das junge Mädchen und senkte errötend die langen Wimpern.

– Schon in fünf bis sechs Jahren ... fügte der zärtliche Liebhaber hinzu.

– Auf Wiedersehen, Frantz.

– Auf Wiedersehen, Suzel.«

Die Haustüre fiel ins Schloß, und der junge Mann begab sich in langsamem, gleichmäßigem Schritt zum Hause seines Vaters, des Rats Niklausse, zurück.

Siebentes Kapitel,

in dem das Andante zum Allegro, und das Allegro zum Vivace.

Die durch den Streit des Advokaten Schut und des Doktor Custos in der Stadt verursachte Aufregung hatte sich bald wieder besänftigt und war von keinen weiteren Folgen gewesen. Man durfte also hoffen, daß Quiquendone wieder in seine gewöhnliche Apathie zurück versinken würde, die für kurze Augenblicke auf so unerklärliche Weise unterbrochen war.

Unterdessen wurde an dem Röhrenwerk, durch welches das Oxyhydrogengas in die Hauptgebäude der Stadt geführt werden sollte, tüchtig weiter gearbeitet. Die Leitungen und Verzweigungen glitten in immer größerer Vollständigkeit unter dem Pflaster von Quiquendone dahin, und nur die Brenner, deren Ausführung sehr kompliziert war, und die man deshalb im Auslande bestellt hatte, fehlten noch. Der Doktor Ox war überall, und er wie sein Famulus Ygen verloren nicht einen Augenblick. Sie spornten die Arbeiter an, vollendeten die diffizilen Organe des Gasometers und speisten Tag und Nacht riesige Säulen, die unter der Einwirkung eines mächtigen elektrischen Stroms das Wasser zerlegten. Ja! der Doktor fabrizierte bereits sein Gas, obgleich die Kanalisation noch nicht fertig war; es mag dies, wie wir gern zugestehen wollen, sehr sonderbar erscheinen. Binnen Kurzem aber sollte Alles fertig sein, und der Doktor beabsichtigte, dann die brillante Beleuchtung der Stadt zuerst im Theater zu erproben.

Quiquendone besaß nämlich ein Theater, ein wirklich schönes Gebäude, dessen innere und äußere Einrichtung an alle möglichen Baustile erinnerte. Es war zugleich byzantinisch, romanisch, gotisch, Renaissance, mit abgerundeten Türen, Spitzbogenfenstern, Flammenrosetten und phantastischen Glockentürmchen; kurz, eine förmliche Musterkarte aller Bauarten, halb Parthenon, halb grand café parisien; und das kann uns nicht besonders in Erstaunen setzen, wenn wir hören, daß es im Jahre 1175 unter dem Bürgermeister Ludwig van Tricasse begonnen, und erst Anno 1837 unter dem Bürgermeister Natalis von Tricasse beendet wurde. Siebenhundert Jahre waren von Anfang bis zum Beschluss des Bauwerks in's Land gegangen, und demzufolge hatte es sich der Architektur aller Epochen anbequemt. Aber trotz alledem war das Theater in Quiquendone ein schönes Gebäude, und seine romanischen Pfeiler und byzantinischen Gewölbe mussten sich zweifelsohne, von dem Oxyhydrogengas beleuchtet, vorzüglich ausnehmen.

Es wurde so ziemlich Alles auf dem besagten Theater gegeben, mit Vorliebe aber Oper und besonders komische Oper. Hierbei muss jedoch bemerkt werden, daß die Komponisten nie ihr Werk wieder erkannt hätten, so sehr wichen Musik und Handlung von dem ursprünglichen Sinn ab.

Da in Quiquendone nichts schnell abgetan werden konnte, mussten sich auch die dramatischen Werke dem Temperament der ausführenden Künstler und Künstlerinnen fügen, und so war es, obgleich die Pforten des Kunsttempels um vier Uhr geöffnet und erst um zehn Uhr geschlossen wurden, bis jetzt noch nicht gelungen, mehr als zwei Akte in diesen sechs Stunden zur Aufführung zu bringen. Robert der Teufel, die Hugenotten oder Wilhelm Tell nahmen gewöhnlich drei Abende für ihre Darstellung in Anspruch so langsam spielten sie sich ab. Die Vivaces wurden in einem Tempo wie Adagios genommen, die Allegros beeilten sich kaum mehr, und die Vierundsechzigstel-Noten wurden etwa so langsam gespielt, wie etwa ganze Noten in andern Ländern.

Das junge Mädchen ergriff die Angelrute.

Die schnellsten, im Geschmack der Quiquendonianer ausgeführten Läufe verstiegen sich bis zum Rhythmus des Kirchengesangs. Die Triller erschlafften und wurden abgezirkelt, um das Ohr der Dilettanten nicht zu verletzen. Die Art und Weise dieser Musikaufführungen recht klar zu machen, möge folgendes Beispiel dienen: Die schnelle Melodie des Figaro bei seinem Erscheinen im ersten Akt des Barbiers von Sevilla wurde nach No. 33 des Metronoms reguliert und dauerte volle achtundfünfzig Minuten, wenn nämlich der Schauspieler die gehörige Routine hatte.

Begreiflicher Weise mussten die von auswärts kommenden Künstler sich dieser Methode anbequemen; da man sie indessen gut honorierte, wurde keine Klage laut, und sie folgten genau dem Bogen des Musikdirektors, der nie mehr als acht Taktschläge in der Minute ausführte.

Welche Beifallsrufe wurden aber auch den Schauspielern zu Teil, wenn sie die Quiquendonianer in Entzücken versetzt hatten, ohne sie müde zu machen! Die Hände klatschten in ziemlich langen Zwischenpausen in einander, und wenn der erstaunte Saal zuweilen nicht unter den Bravos zusammenbrach, kam dies einzig daher, daß man im zwölften Jahrhundert nicht Stein und Zement im Fundament zu sparen pflegte. Die Zeitungen pflegten nach solchen Abenden von stürmischem Applaus und fanatischen Beifallsbezeugungen zu berichten.

Um übrigens die enthusiastischen Flamänder-Naturen nicht zu sehr zu erhitzen, spielte das Theater jede Woche nur ein Mal, was den Schauspielern für die gründliche Erlernung ihrer Rollen zu gute kam und den Zuschauern ermöglichte, die dramatischen Meisterwerke besser zu verdauen.

Gewöhnlich pflegten auswärtige Künstler mit dem Theaterdirektor in Quiquendone ein Engagement abzuschließen, wenn sie sich von ihren Strapazen auf anderen Bühnen erholen wollten, und Niemand dachte daran, daß in diese alther-

»*Auf Wiedersehen, Suzel*«...

gebrachten Gewohnheiten irgend eine Änderung kommen könnte, als vierzehn Tage nach der Schut-Custos-Angelegenheit ein unerwarteter Fall die Bevölkerung von Quiquendone in neue Aufregung versetzte.

Es war Sonnabend, der gewöhnliche Operntag; aber heute sollte die neue Beleuchtung noch nicht erprobt werden, wie man glauben könnte. Die Röhren mündeten zwar schon im Saale, aber aus den bereits angegebenen Gründen waren die Brenner noch nicht aufgesteckt, und so warfen heute nur die Kerzen des Kronleuchters ihr mildes Licht auf die zahlreichen Zuschauer die sich im Theater versammelt hatten.

Nachmittags um ein Uhr waren die Türen für das Publikum geöffnet worden, und um drei Uhr hatte sich der Saal schon halb gefüllt, während noch eine lange Queue bis zum Ende des Saint-Ernuph-Platzes, wo sich die Apotheke von Josse Liefrinck befand, hinausreichte. Dieser Eifer ließ auf eine außergewöhnlich schöne Vorstellung schließen.

»Gehen Sie heute in's Theater? hatte Rat Niklausse am Morgen den Bürgermeister gefragt.

– Ich werde nicht verfehlen; auch gedenke ich meine Frau, unsere Tochter Suzel und die liebe Tatanémance hinzuführen, denen ja schöne Musik über Alles geht.

– Fräulein Suzel wird also auch hinkommen? fragte der Rat.

– Gewiss, Niklausse.

– Dann wird mein Frantz jedenfalls zu den ersten gehören, die heute Queue machen, erwiderte der Rat.

– Ein hitziger Bursche, Ihr Frantz, bemerkte der Bürgermeister in pedantischem Ton, ein sehr hitziger Kopf, Niklausse; Sie werden ihn gut im Auge behalten müssen.

– Nun, er liebt, van Tricasse; er liebt die reizende Suzel.

– Er soll sie ja auch bekommen, Niklausse; von dem Augenblick an, wo wir uns über die Heirat verständigt haben, steht ihrer Brautschaft nichts im Wege; was kann er mehr verlangen?

– Er verlangt auch nichts, van Tricasse; er verlangt durchaus gar nichts, der liebe Sohn. Ich will auch weiter nichts ausplaudern, aber so viel weiß ich, er wird nicht der Letzte sein, der heute sein Billet vom Comptoir holt.

– Ach! die stürmische, feurige Jugend! rief der Bürgermeister in der Erinnerung an die eigene Vergangenheit lächelnd. Ja, ja, wir sind auch einmal jung gewesen, mein lieber Rat. Wir haben auch geliebt und zu unserer Zeit Queue gemacht. Auf heute Abend also, auf heute Abend! A propos, haben Sie auch gehört, daß dieser Fioravanti ein so großer Künstler sein soll? Was für eine würdige Aufnahme hat man ihm in unseren Mauern zu Teil werden lassen! Er wird den Beifall der Quiquendonianer so leicht nicht vergessen!«

Es handelte sich wirklich um den berühmten Tenoristen Fioravanti, der durch sein Genie, sein ausgezeichnetes Spiel und seine herrliche, sympathische Stimme bei den Musikliebhabern der Stadt einen förmlichen Enthusiasmus hervorgerufen hatte.

Seit drei Wochen hatte Fioravanti sich ungeheure Erfolge in den »Hugenotten« errungen. Der erste Akt war nach dem Geschmack der Quiquendonianer im Zeitraum eines ganzen Abends aufgeführt worden, und zwar in der ersten Woche eines Monats. Der Opernabend der zweiten Woche hatte dem Sänger durch seine endlosen, in die Länge gezogenen Andantes eine entschiedene Ovation eingetragen, und dieser Erfolg war nur noch gestiegen, als in der dritten Woche der dritte Akt des Meyerbeer'schen Kunstwerks zur Darstellung gelangte. Heute aber sollte Fioravanti im vierten Akt auftreten, und vor einem ungeduldigen Publikum spielen. Ach! das Duett Raoul's und Valentinen's, dieser zweistimmige Liebeshymnus in langgezogenen Seufzern, diese Stretta[3], in der die Crescendo, die Stringendo, die Accelerando, die Piucres cen-

3 Plötzlicher Übergang in ein eiligeres Tempo, namentlich im Finale der Opern.

do sich folgten – all das langsam, compendiös, in getragenen Tönen gesungen! wie reizend!

Um vier Uhr war der Saal mit Zuschauern gefüllt, und Logen, Parterre und Orchester gedrängt voll. In den vorderen Reihen präsentieren sich der Herr Bürgermeister van Tricasse, Frau van Tricasse, Fräulein Suzel und die liebenswürdige Tatanémance in einer Haube mit apfelgrünen Schleifen; dann, nicht weit davon erblickte man den Rath Niklausse nebst Familie, den liebeglühenden Frantz nicht zu vergessen. Auch die Familien des Arztes Custos, des Advokaten Schut, des großen Richters Honoré Syntax waren vertreten, und an weiteren Notabilitäten der Stadt bemerkte man den Direktor der Versicherungsgesellschaft Norbert Soutman, den dicken Bankier Collaert, der für deutsche Musik schwärmte und sich selbst für eine Art Virtuosen hielt, den Steuereinnehmer Rupp, den Direktor der Akademie, Jérôme Resh, den Zivilkommissar, und noch so viele andere, daß wir die Geduld unserer Leser in unverantwortlicher Weise auf die Probe stellen würden, wollten wir sie alle hier noch weiter aufzählen.

Gewöhnlich verhielten sich die Quiquendonianer, bis der Vorhang aufging, außerordentlich schweigsam und ruhig. Hier zog einer seine Zeitung hervor und vertiefte sich in ihre Lectüre, dort wurden mit flüsternder Stimme einige Worte ausgetauscht, die Ankommenden begaben sich so leise wie irgend tunlich auf ihre Plätze, und ab und zu richtete die männliche Jugend von Quiquendone ihre matten halb erloschenen Blicke nach den Schönheiten auf der Galerie.

An diesem Abend aber hätte jeder Beobachter konstatieren können, daß schon, ehe der Vorhang aufgezogen war, eine ganz ungewöhnliche Lebhaftigkeit im Zuschauerraume herrschte, Leute, die sich sonst niemals rührten, drehten und wendeten sich hin und her, die Fächer der Damen bewegten sich mit anormaler Geschwindigkeit, und es schien eine lebensvollere Luft zu wehen, denn alle Anwesenden atmeten in tieferen Zügen.

In manchen Augen bemerkte man einen Glanz, der fast so intensiv war, wie das Licht des Kronleuchters, der über dem Saale hing, und dessen Kerzen heute ungewöhnlich hell strahlten, obgleich ihre Zahl nicht vermehrt worden war. Ach wären heute schon die neuen Apparate des Herrn Doktor Ox in Tätigkeit gewesen! Aber dieser ersehnte Zeitpunkt war noch nicht herangekommen.

Endlich ist das Orchester vollzählig auf seinem Posten. Die erste Geige steht zwischen den Pulten, um ihren Colleginnen ein bescheidenes a anzugeben; die Streich-, Blas- und Schlaginstrumente sind gestimmt, und der Dirigent wartet nur noch auf den Klang des Glöckchens, um anzufangen.

Das Signal erschallt und der vierte Akt beginnt. Das Allegro appassionato des Zwischenaktes wird, wie gewöhnlich, mit so majestätischer Langsamkeit abgespielt, daß sie den berühmten Meyerbeer außer sich gebracht hätte, die unsere Quiquendonianer aber in ihrem vollen Wert zu würdigen wussten.

Bald aber fühlt der Musikdirektor, daß er nicht wie gewöhnlich das Orchester beherrscht, und daß er die, sonst so gehorsamen, ruhigen Spieler nur mit Mühe zurückhalten kann. Die Blasinstrumente zeigen ein lebhaftes Streben, die Streichinstrumente zu überflügeln, und müssen mit fester Hand zurückgehalten werden, da sonst, vom Gesichtspunkt der Harmonie aus betrachtet, eine bedauerliche Wirkung erzielt werden würde. Sogar der Fagottist, Sohn des Apothekers Josse Liefrink, für gewöhnlich ein durchaus wohlerzogener junger Mann, läßt sich gleichfalls zu so abnorm schnellem Spiel hinreißen.

Unterdessen hat Valentine ihr Recitativ begonnen:

»Nun bin ich ganz allein, allein in meinem Schmerz…«

aber auch sie eilt, und der Dirigent wie auch alle Musiker folgen ihr vielleicht unbewusst in ihrem Cantabile, das in kühnem Takt geschlagen werden musste, wie eine Passage im Zwölf-Achtel Takt. Als Raoul im Hintergrunde erscheint, geht bis zu dem Augenblick, wo Valentine ihn im Nebenzimmer versteckt hat, kaum eine Viertelstunde hin, während ehedem nach den Traditionen von Quiquendone, zu den siebenunddreißig Takten des Recitativs genau siebenunddreißig Minuten notwendig waren.

Saint-Bris, Nevers, Cavannes und die vornehmen katholischen Herren treten vielleicht etwas eilig auf die Bühne; Allegro pomposo hat der Componist auf der Partitur angegeben. Das Orchester und die Herren spielen auch richtig Allegro, aber durchaus nicht pomposo, und bei dem Ensemble der Eidesleistung und Einsegnung der Dolche wird das reglementsmäßige Allegro nicht mehr gemäßigt; Sänger und Musiker gehen in rasendem Tempo durch. Auch der Dirigent hat es längst aufgegeben, die Spielenden zurückzuhalten, und unbegreiflicher Weise versucht auch das Publikum keine Einsprache, sondern fühlt sich hingerissen und nimmt Teil an der Bewegung, die dem inneren Drange der Seele entspricht.

»Vom Krieg, der uns bedroht und Alles bald verheert,
Wollt Ihr auch, so wie ich, nur Euer Land befreien?«

Das Versprechen, der Schwur wird geleistet. Kaum hat Nevers Zeit zu seiner Beteuerung, daß »unter seinen Ahnen er Soldaten, und nicht einen Meuchelmörder zählt«, so wird er arretiert. Die Viertelsmeister und Schöffen eilen herbei und geloben in raschem Tempo, »alle auf ein Mal zu treffen«. Saint-Bris trägt feurig, in wirklichem Zwei-Viertel-Takt das Recitativ vor, das die Katholiken zur Rache ruft. Die drei Mönche, mit Körben und weißen Schürzen kommen durch den Hintergrund von Nevers' Zimmer hereingestürzt, ohne nur im geringsten die Bühnenanweisung zu beachten, der zufolge sie langsam vorschreiten sollen.

Schon haben die Umstehenden Schwert und Dolch gezogen, und die Waffen sind im Fluge von den Mönchen geweiht worden. Sopran, Tenor und Bass nehmen wütend das Allegro furioso in Angriff, machen aus einem dramatischen Sechs-Achtel-Takt eine Sechs-Achtel-Quadrille und heulen, indem sie die Bühne verlassen:

»Nur Ruhe führt zum Ziel;
Damit uns nichts verrate,
Entfernen wir uns still!
Nehmt in Acht
Mitternacht!«

In diesem Augenblick erhebt sich das Publikum; in den Logen, im Parterre, auf den Galerien gibt sich lebhafte Bewegung kund; es scheint fast, als wollten alle Zuschauer, der Bürgermeister van Tricasse voran, auf die Bühne stürzen, um sich mit den Verschworenen zu verbinden und die Hugenotten, deren religiöse Ansichten sie übrigens teilen, zu vernichten. Bravorufe ertönen, die Schauspieler werden hervorgerufen, ein wahrer Beifallssturm bricht los! Tatanémance schwenkt mit fiebernder Hand ihre apfelgrüne Haube, die Lichter im Saal verbreiten einen fast sprühenden Glanz.

Raoul soll langsam den Vorhang lüften, aber er reißt ihn mit stolzer Geberde mitten entzwei und steht Auge in Auge Valentine gegenüber.

Das große Duett ist herangekommen und wird Allegro vivace durchgeführt. Raoul nimmt sich nicht die Zeit, auf Valentinens Fragen zu warten, und Valentine wiederum wartet nicht auf die Antworten Raoul's. Die köstliche Stelle:

»Es droht den Brüdern das Vederben;
O, laß mich, laß mich fort von hier!«

wird zu einer raschen Galopade, wie Offenbach sie liebt, wenn er seine Verschwörer tanzen läßt: das Andante amoroso:

»Du liebest mich! Du liebest mich!
O welch ein Glück
Dies Himmelswort aus Deinem Munde!«

kann nur noch ein Vivace furioso genannt werden, und das Violoncell des Orchesters gibt sich keine Mühe mehr, der Stimme des Sängers in ihren Biegungen zu folgen, wie es in der Partitur angegeben ist. Raoul ruft zwar:

»Du sprichst es und ich hör' es gar zu gern
Dies Geständnis Deiner Liebe«,

aber Valentine kann nicht weiter sprechen; man fühlt, daß Raoul von einem ungewohnten Feuer verzehrt wird. Seine hohen Töne h und c haben einen erschrecklichen Klang; er arbeitet sich ab, gestikuliert, steht förmlich in Flammen.

Die Lärmglocke erschallt, aber wie merkwürdig keuchend. Der Läutende hat augenscheinlich keine Gewalt mehr über sich und zwingt den Ton zu einer Heftigkeit, die mit der Raserei des Orchesters rivalisiert.

Endlich geht die Stretta:

»Keine Rettung gibt es mehr!
Duch die dunkle Nacht erschallen
Rachestimmen zu uns her«,

die den prächtigen Akt endigen soll, und die der Componist Allegro con moto bezeichnet, in einem zügellosen Prestissimo, wie ein vorüberfahrender Courierzug, auf und davon. Die Sturmglocke ertönt von Neuem, Valentine sinkt ohnmächtig zusammen, und Raoul stürzt zum Fenster hinaus!

Es war hohe Zeit zum Schluss der Vorstellung; das Orchester hätte vor unbegreiflicher Trunkenheit nicht weiter spielen können; der Stab des Dirigenten war zu einem Stück Holz geworden, mit dem er auf dem Souffleurkasten herumhämmerte; die Geigensaiten sind gesprungen, die Griffe verdreht, die Pauke platzte unter der wütenden Bearbeitung des Paukenschlägers, und der Kontrebassist thront oben auf seinem wohlklingenden Gebäude. Die erste Klarinette hat das Mundstück ihres Instruments hinuntergeschluckt, und der zweite Hautboist zerkaut seine Rohrzüngelchen zwischen den Zähnen.

Die Coulisse an der Posaune ist verbogen, und der unglückliche Hornist endlich kann seine Hand nicht mehr zurückziehen; er hat sie im Eifer des Spiels zu tief in die Stürze seines Horns hineingesenkt.

Und das Publikum? Das Publikum keucht, gestikuliert, heult! alle Gesichter erscheinen in einem sonderbaren, roten Lichte, wie wenn die Körper innerlich von Brand verzehrt würden.

Man stößt einander, um hinauszukommen, die Männer vergessen ihre Hüte, die Frauen ihre Mäntel; man drängt sich in den Gängen, streitet sich und schlägt aufeinander los. Keine Autorität gilt mehr! Der Bürgermeister wird nicht mehr beachtet; nur eine wahrhaft infernalische Überaufregung allenthalben …

Einige Augenblicke später, als das Publikum sich wieder auf der Straße befindet, gewinnt ein Jeder die gewohnte Ruhe wieder und kehrt friedlich in sein Haus zurück, nur eine verworrene Erinnerung an die Vorgänge im Schauspielhause ist zurückgeblieben.

Der vierte Akt der »Hugenotten«, der ehemals sechs ausgeschlagene Stunden zu seiner Aufführung in Anspruch nahm, war heute bereits zwölf Minuten vor fünf Uhr zu Ende.

Er hatte genau achtzehn Minuten gedauert.

Fioravanti hatte sich ungeheure Erfolge errungen.

Man drängt sich, streitet und schlägt auf einander los.

Achtes Kapitel,

in dem der antike, feierliche, deutsche Walzer sich in einem raschen Wirbel umwandelt.

Wenn die Theaterbesucher, nachdem sie zu Hause angekommen waren, ihre gewohnte Ruhe wieder erlangten und nur eine Art vorübergehender Abstumpfung fühlten, hatten sie nichtsdestoweniger eine enorme Aufregung durchgemacht, und vernichtet und zerschlagen, als hätten sie sich eine Ausschweifung bei Tafel zu Schulden kommen lassen, sanken sie auf ihr Lager nieder.

Am folgenden Tage hatte natürlich Jeder eine gewisse traumhafte Rückerinnerung an die Ereignisse des vorhergehenden Abends. Dem Einen fehlte sein Hut, den er in dem allgemeinen Wirrwarr verloren hatte, dem Anderen ein Rockzipfel, der ihm in dem Gedränge abgerissen war; diese vermisste einen seinen prünellfarbenen Schuh, jene ihre Sonntagsmantille, und durch alle diese sichtbaren Erinnerungszeichen kam den ehrlichen Bürgern nach und nach das Gedächtnis zurück, und eine Art Scham über ihre nicht näher zu qualifizierende Aufwallung ergriff sie. Sie gedachten des gestrigen Abends etwa wie einer Orgie, in der sie die unbewußten Helden gewesen waren; man sprach nicht weiter davon und zog es sogar vor, nicht mehr daran zu denken.

Am meisten verdutzt und konsterniert war wiederum der Bürgermeister von Tricasse; er konnte andern Morgens, als er erwachte, seine Perrücke nicht finden. Lotchè hatte überall gesucht, aber ohne den mindesten Erfolg. Die Perrücke musste auf dem Schlachtfelde geblieben sein.

Sollte man sie durch den vereidigten Stadttrompeter Johann Mistrol ausrufen lassen? Nein! lieber sich in das Opfer fügen, als so den ersten Beamten der Stadt kompromittieren! dachte der würdige Bürgermeister, als er schweren Kopfes, mit fiebernder Brust und matten Gliedern auf seinen Decken hingestreckt lag. Er verspürte nicht die geringste Neigung aufzustehen, und sein Hirn arbeitete an diesem einen Vormittag mehr, als vielleicht in den verflossenen vierzig Jahren zusammengenommen. Der sehr ehrenwerte Herr van Tricasse durchlebte mit höchster Anstrengung seines Gedächtnisses alle Vorgänge während der gestrigen wunderbaren Vorstellung noch einmal; er brachte sie in Verbindung mit den bedauerlichen Tatsachen, die jüngst bei der Soirée des Doktor Ox vorgekommen waren, und suchte nach den Gründen der eigentümlichen Erregbarkeit, die sich nun schon zu zweien Malen bei seinen achtungswertesten Beamten ausgeprägt hatte.

»Was geht denn vor? fragte er sich; welch Schwindel hat plötzlich meine friedliche Stadt erfasst. Sind wir Alle zu Narren geworden, und soll unsere Stadt ein einziges, großes Irrenhaus sein? Wenn ich die Sache recht überdenke, wäre das gestern der geeignete Platz für uns gewesen; Notabeln, Räte, Richter, Advokaten, Ärzte, Akademiker – Alle sind gestern einer ungeheuren Torheit zum Opfer gefallen. Lag es an der höllischen Musik? Es ist unerklärlich! Und doch hatte ich nichts Außergewöhnliches gegessen und nichts getrunken, was solche Aufregung hätte hervorrufen können. Gestern Mittag einige Schnitten von einer zu scharf gebratenen Kalbskeule, einige Löffel Spinat mit Zucker, etwas Eierschnee und zwei Gläser mit Wasser verdünnten Dünnbiers; das konnte mir unmöglich zu Kopfe steigen! Nein, es muss etwas Unerklärliches sein, und da ich in jedem Fall für die Handlungen meiner Untergebenen verantwortlich bin, werde ich eine Untersuchung anstellen lassen«.

Aber die von dem Munizipalrat beschlossene Untersuchung blieb ohne jeden Erfolg. Obgleich die Tatsachen klar zu Tage lagen, entgingen doch die Ursachen dem Scharfsinn der Behörden. Übrigens war bereits wieder vollständige Ruhe bei den Geistern eingekehrt, und diese ließ schnell die Ausschreitungen und Exzesse vergessen. Die Lokalblätter vermieden sogar, über diese Angelegenheit zu sprechen, und der im Intelligenzblatt von Quiquendone enthaltene Bericht über die Vorstellung gedachte nicht mit der kleinsten Anspielung der wunderlichen Fieberwallung einer zahlreichen Versammlung.

Wenn nun auch die Stadt ihr gewöhnliches Phlegma wieder angenommen hatte und, dem Anschein nach, so flämisch wie zuvor war, merkte man doch, daß der Hauptcharakterzug und das Temperament der Einwohner sich nach und nach modifizierten. Man hätte wirklich dem Arzte Dominique Recht geben können, der da behauptete, daß den Quiquendonianern, »Nerven wüchsen«.

Suchen wir uns indessen die Sache zu erklären. Die unbestreitbare und unbestrittene Veränderung ging immer nur unter gewissen Bedingungen vor sich. Wenn die Quiquendonianer durch die Straßen ihrer Stadt schlenderten oder in frischer Luft auf freien Plätzen und am Vaar entlang lustwandelten, waren sie dieselben guten, kalten, pedantischen Leute wie ehemals, und ebenso auch, wenn sie sich auf ihre Wohnungen beschränkten, teils mit der Hand, teils mit dem Kopfe arbeiteten und nebenher weder etwas taten noch dachten. Ihr Privatleben war schweigsam, träge, vegetierend wie ehedem, kein Zank, kein Scheltwort im Haushalt; keine schnellere Bewegung in Herz noch Hirn; der Durchschnitt der Pulsschläge blieb, wie in der guten alten Zeit, fünfzig bis zweiundfünfzig in der Minute.

Aber ein absolut unerklärliches Phänomen, das auch die geistreichsten Physiologen nicht aufzuklären vermocht hätten, zeigte sich, so wie sie in's öffentliche Leben traten; sie erlitten dann ein sichtliche Metamorphose und gerieten bei verschiedenartigen Ansichten über gemeinnützige Dinge hart an einander.

Eine Versammlung in öffentlichen Gebäuden, wie in der Börse, dem Rathause, der Aula der Akademie oder in den Sitzungssälen des Rates »war nicht mehr«, wie Kommissar Passauf sich ausdrückte, denn alsbald bemächtigte sich eine solche Lebhaftigkeit und Überreiztheit der Anwesenden, daß an die ruhige Beratung einer Sache nicht zu denken war. Nach einer Stunde pflegten dann die Äußerungen etwas scharf zu werden, und nach zwei Stunden artete die Diskussion in Streit und Zank aus; es kam zu Persönlichkeiten, und die Köpfe erhitzten sich. Ja, sogar in der Kirche, während der Predigt konnten die Gläubigen den Geistlichen van Stabel nicht mehr kaltblütig anhören, dieser arbeitete sich in fast unglaublicher Weise auf der Kanzel ab und ermahnte mit größerer Strenge als je zuvor.

Unter diesen Verhältnissen kam es bald zu neuen Wortgefechten, die bei weitem bedenklicher verliefen als die Differenz zwischen dem Doktor Custos und dem Advokaten Schut; und wenn die Behörde bei solchen Angelegenheiten niemals einzuschreiten brauchte, so kam dies einfach daher, daß die Zänker Ruhe und Vergessenheit all der gegenseitigen Beleidigungen fanden, sowie sie nach Hause zurückgekehrt waren.

Trotzdem entgingen diese Veränderungen den Leuten selbst, da sie so gar nicht gewohnt waren, sich zu beobachten, und darauf zu achten, was in ihnen vorging. Nur eine einzige Person in der Stadt war auf allerlei Bedenken gekommen und hatte ihre Schlüsse gemacht, und dies war der Mann, dessen Amt man seit dreißig Jahren eingehen lassen wollte, der Zivilkommissar Michel Passauf. Er hatte die Bemerkung gemacht, daß die Aufregung und Reizbarkeit nur in öffentlichen Gebäuden, nie aber in Privathäusern auftrat, und fragte sich angstvoll, was daraus werden sollte, wenn diese »Epidemie«, wie er es nannte, sich bis in die Bürgerhäuser und auf die Straßen der Stadt erstreckte. Dann war an kein Vergessen der Beleidigungen zu denken, auf keine Ruhe, keine Pause in der wahnsinnigen Aufregung zu hoffen, sondern permanenter Brand überall, der unvermeidlich die Quiquendonianer verzehren und aufreiben würde.

»Was soll dann werden?« fragte sich schreckensvoll Kommissar Passauf. Wir wird diese wilde Erregung, dieses heiße Temperament dann zu zügeln sein »Mein Amt ist dann keine Sinecure mehr, und der Rat wird sich dazu herbeilassen müssen, mein Gehalt zu verdoppeln – wenn ich nämlich bis dahin nicht so weit gekommen bin, daß ich mich selbst wegen Verletzung der öffentlichen Ordnung habe arretieren müssen«!

Leider begannen diese gerechten Befürchtungen mehr und mehr sich zu realisieren; das Übel ging von der Börse, der Kirche, dem Theater, dem Gemeindehause, der Akademie und der Halle in die Häuser der Privatleute über, und zwar in weniger als vierzehn Tagen nach der beschriebenen, unerhörten Vorstellung der »Hugenotten.«

Die ersten Symptome der Epidemie zeigten sich im Hause des Bankiers Collaert.

Dieser Herr, ein außerordentlich reicher Bürger der Stadt, gab den Notabilitäten von Quiquendone einen Ball, oder doch eine Soirée dansante. Vor einigen Monaten nämlich hatte er eine Anleihe von 30,000 Franken emittiert, die zu drei Vierteln subskribiert war, und jetzt beabsichtigte er, um diesen finanziellen Erfolg anzuerkennen, seinen Mitbürgern ein Fest zu geben und ihnen hierzu seine Salons zu öffnen.

Was es für gewöhnlich mit den harmlosen, ruhigen Empfangsabenden der Flamänder auf sich hat, ist allgemein bekannt; ihre Hauptkosten werden mit Bier und Sirup bestritten, und die Unterhaltung dreht sich um das Wetter, die Ernte-Aussichten, den gegenwärtigen Zustand der Gärten und die Pflege der Blumen, besonders der Tulpen.

Von Zeit zu Zeit spinnt sich ein Tanz ab, der so langsam und abgemessen wie ein Menuett ausgeführt wird; auch die deutschen Walzer, die kaum anderthalb Umdrehungen in der Minute gestatten, und bei denen sich die Tanzenden so weit von einander abhalten, als die Länge ihrer Arme es irgend erlaubt, waren in Quiquendone sehr beliebt. So der gewöhnliche Verlauf der Bälle in der dortigen vornehmen Gesellschaft. Auch die Polka hatte einen Versuch gemacht, sich zu akklimatisieren, indem sie nämlich auf vier Takte gesetzt worden war; aber die Tänzer blieben regelmäßig hinter dem Orchester zurück, so langsam auch das Tempo genommen war, und man hatte auf diesen neuen Tanz verzichten müssen.

Niemals, so lange man denken konnte, war bei diesen mäßigen, fein sittigen Vergnügungen der jungen Welt irgend ein Ärgernis oder ein unangenehmer Auftritt vorgefallen; warum musste sich zum ersten Mal bei dem Empfangsabend des Bankier Collaert der Sirup in Wein, schäumenden Champagner oder stürmenden Punsch verwandeln? Warum ergriff, etwa um die Mitte des Festes, eine unerklärliche Trunkenheit alle Geladenen? Warum schlug plötzlich das Menuett in eine Saltarella[4] um, beeilte das Orchester den Takt, glänzten, wie im Theater, die Kerzen in ungewöhnlichem Glanz? Wie kam es, daß ein wunderbarer, elektrischer Strom die Salons des Bankiers durchflutete, daß die Tanzenden sich einander näherten, die Hände einander energischer drückten, und einzelne Kavaliere sich sogar durch gewagte Pirouetten und wunderliche Pas auszeichneten, und das während der sonst so majestätischen, anstandsvollen, feierlichen Pastorella!

Welcher Ödipus hätte all diese Fragen beantworten können? Der Kommissar Passauf, der auch an diesem Abend

4 Venetianischer Tanz.

zugegen war, sah den Sturm nahen, konnte ihm aber nicht vorbeugen oder ihm entfliehen. Er merkte, wie auch er sich einer gewissen Trunkenheit nicht erwehren konnte, wie all seine physiologischen und Leidenschaftsfähigkeiten wuchsen, und man bemerkte zu wiederholten Malen, wie er sich an die Schüsseln süßen Backwerks machte und sie mit so fabelhaftem Appetit plünderte, als hätte er soeben eine lange Fastenzeit überstanden.

Unterdessen nahm die Lebhaftigkeit der Gesellschaft mit jeder Viertelstunde zu; ein dumpfes Flüstern, gleichsam ein langgezogenes Summen stieg aus jeder Brust. Es wurde getanzt, wirklich getanzt, und die Füße regten sich mit immer wachsender Geschwindigkeit. Überall sah man auf karfunkelglänzende Augen, und hochrote Wangen wie auf Silenengesichtern; die allgemeine Gärung war auf den höchsten Grad gestiegen.

Und als nun das Orchester den Walzer aus dem »Freischütz« intonierte und dieser echt deutsche langsame Tanz erklingen sollte, hörte man keinen Walzer mehr, sondern einen wahnsinnigen Wirbel, eine schwindelnde Rotation, die eines Vortänzers wie Mephistopheles mit glühendem Feuerbrande würdig gewesen wäre. Dann riß ein wahrer Höllengalop, dem Niemand Einhalt tun konnte, wohl eine Stunde lang Väter, Mütter, die jungen Leute, kurz Individuen jedes Alters, jedes Gewichts und jedes Geschlechts mit sich fort durch alle Räume der kostbar eingerichteten Wohnung, von den Salons durch die Vorzimmer, über die Treppen zum Keller hinunter und zum Boden hinaus. Unter diesen tollen Tänzern und Tänzerinnen befanden sich sowohl der dicke Bankier Collaert mit seiner Gemahlin, wie die Räte, Magistratspersonen und Richter, Niklausse und Frau van Tricasse, der Bürgermeister und Kommissar Passauf drehten sich in dem wilden Wirbel herum und wussten später nie, wer in diesem bacchantischen Reigen ihr Partner gewesen war.

Kein Walzer mehr, sondern ein wahnsinniger Wirbel.

Auf Eine aber hatte ihr Tänzer, der Kommissar Passauf, einen tiefen Eindruck gemacht; sie sah ihn in ihren Träumen, fühlte seine leidenschaftliche Umarmung und konnte ihn nicht vergessen. Diese Eine war unsere liebenswürdige Tatanémance!

Neuntes Kapitel,

in dem Doktor Ox und sein Famulus Ygen sich nur wenige Worte zu sagen haben.

»Nun, Ygen?

– Die Röhrenlegung ist fertig und Alles bereit, Meister.

– Endlich! Jetzt wollen wir in großem Maßstabe operieren und eine Massenwirkung erzielen!«

Zehntes Kapitel,

in dem man sehen wird, wie die Epidemie in der ganzen Stadt um sich greift, und welch wunderbare Wirkung sich hervorbringt.

In den folgenden Monaten dehnte sich das Übel immer weiter aus; es verbreitete sich von den Privathäusern auf die Straßen und Gassen der Stadt, und Quiquendone war nicht mehr wieder zu erkennen.

Das bisher beobachtete Phänomen wurde durch ein noch weit außerordentlicheres in den Schatten gestellt, denn nicht nur Menschen und Tiere, sondern auch die Pflanzen mussten sich vor ihm beugen.

Gewöhnlich pflegen Epidemien gesondert aufzutreten,

befallen sie die Menschen, so bleiben die Tiere verschont; und werden diese von der Krankheit ergriffen, so leiden doch die Pflanzen nicht darunter. Nie hat man erlebt, daß ein Pferd von den Blattern oder ein Mensch von der Rinderpest ergriffen wurde; auch pflegen die Hammel von der Kartoffelkrankheit verschont zu bleiben. Aber hier schienen alle Naturgesetze sich zu verleugnen. Nicht nur modifizierten sich Charakter, Temperament und Ideen der Quiquendonianer selbst, sondern auch bei ihren Hunden, Katzen, Rindern, Pferden, Eseln und Ziegen war der Einfluss der Epidemie zu bemerken, als wäre ihr Lebenskreis ein anderer geworden. Sogar die Pflanzen »emanzipierten« sich, wenn man uns gütigst diesen Ausdruck gestatten will.

In den Obst- und Gemüsegärten zeigten sich die merkwürdigsten Symptome; die Schlingpflanzen und Klettergewächse rankten sich mit nie dagewesener Kühnheit um Zäune und Spaliere; die Ziersträucher buschten sich mit fast tropischer Kraft, und Stämmchen wurden zu Bäumen. Das kaum gesäete Korn hob sein kleines grünes Haupt empor und wuchs in derselben Zeit, wo es ehemals einige Linien erreicht hatte, ebenso viele Zoll. Man zog zwei Fuß lange Spargel, erntete Artischocken so groß wie Melonen, und die Melonen wiederum erreichten den Umfang von Kürbissen, während diese so groß wie Pfeben[5] wurden. Es gab Pfeben, die, ohne zu lügen, nicht kleiner waren wie die Sturmglocke, also etwa neun Fuß im Durchmesser hatten. Der Kohl stand in förmlichen Gebüschen auf den Gemüsefeldern, und die Champignons sahen aus wie Regenschirme.

Die Früchte blieben an Wachstum nicht hinter den Gemüsen zurück; um eine Erdbeere zu essen, musste man sich zu zweien daran machen, und wollte man eine Birne vertilgen, so waren vier Personen dazu notwendig. Die Weintrauben kamen jener phänomenalen Weintraube gleich, die Le Pous-

5 Gewöhnliche Kürbisse

Wollte man eine Birne vertilgen, so waren vier Personen dazu nötig.

sin so bewunderungswürdig in seinem Retour des envoyés à la terre promise gemalt hat.

Ähnliches beobachtete man an den Blumen; die großen Veilchen verbreiteten einen so kräftigen Wohlgeruch wie nie zuvor; die ungeheuren Rosen blühten in lebhafteren Farben als jemals, die Fliedersträuche wurden zu undurchdringlichem Buschholz, und Geranium, Maßliebchen, Thalias, Kamelien und Rhododendrons wuchsen über die Gartenwege hinweg und erstickten einander! Das Gartenmesser war längst als ein völlig unzureichendes Instrument erkannt worden. Und in welche Aufregung versetzten die Tulpen, diese teuern Liliaceen, die die Freude der Flamänder sind, ihre Blumenzüchter und Liebhaber! Der würdige van Bistrom wäre eines Tages fast hintenüber gefallen, als er in seinem Garten eine einfache Tulipa gesneriana erblickte, die in riesenhafter, ungeheuerlicher Größe prangte, und deren Kelch einer ganzen Rothkehlchenfamilie zum Nest diente.

Die ganze Stadt eilte herbei, um das Wunder anzustaunen, und man erkannte der Tulpe einstimmig den Namen Tulipa quiquendonia zu.

Aber ach! so schnell diese Pflanzen, Früchte sowohl wie Blumen, sich zeitigten und kolossale Verhältnisse annahmen, so köstlich intensiv ihr Duft und ihre Farben waren und Auge und Geruchssinn berauschten, so schnell starben sie auch wieder hin und senkten nach kurzen Stunden verwelkt, erschöpft und todtesmatt ihre Häupter.

Dies war auch das Los der berühmten Tulpe; auch sie verdorrte nach wenigen Tagen üppigen Glanzes.

Und bald verfielen auch die Haustiere, vom Hofhund bis zum Spanferkel, vom Stieglitz im Käfig bis zum Truthahn, demselben Schicksal.

Wir müssen hier übrigens die Bemerkung einschalten, daß diese Tiere in gewöhnlichen Zeiten ebenso phlegmatisch waren wie ihre Herren. Hunde und Katzen vegetierten in Quiquendone weit mehr, als daß sie lebten. Nie bemerkte man an ihnen eine Regung der Freude oder des Zorns; ihre Schwänze blieben unbeweglich, als wären sie von Bronze, und seit undenklichen Zeiten hatte Niemand von einem Biss oder einer Kratzwunde gehört. Tolle Hunde hielt man für Phantasiegebilde und erwähnte ihrer neben Greifen und anderen Tieren aus der Menagerie der Apokalypse.

Aber welche Veränderung war während der wenigen Monate in der Tierwelt Quiquendones vorgegangen! Hunde und Katzen begannen ihre Zähne und Krallen zu zeigen, so daß in Folge davon mehrere Executionen vorgenommen werden mussten. Zum ersten Mal nahm ein Pferd das Gebiss zwischen die Zähne und ging wirklich und wahrhaftig in den Straßen durch; ein Ochse stürzte mit gesenkten Hörnern auf einen seiner Zunftgenossen los, und ein Esel kehrte auf dem Saint-Ernulph-Platze die Beine gen Himmel und ließ ein Geschrei hören, das nichts »Tierisches« mehr hatte. Ja, es geschah sogar, daß ein Hammel, ein Hammel aus Quiquendone, sich tapfer gegen das Messer des Schlächters wehrte, um seine Coteletten zu verteidigen!

Der Bürgermeister van Tricasse war genötigt, Polizei-Edicte zu erlassen, um den Unfug zu verhindern, der von wild gewordenen Haustieren in der Stadt angerichtet wurde.

Aber ach! wenn die Tiere toll und wild waren, so machten es die Menschen nicht viel besser. Kein Alter blieb von der allgemeinen Raserei verschont.

Die Kindererziehung war ehedem in Quiquendone so leicht gewesen; jetzt zum ersten Mal musste der Oberrichter Honoré Syntax die Rute bei seinen Sprößlingen anwenden.

Im Gymnasium fand ein förmlicher Aufruhr statt; die Wörterbücher zeichneten bedauerliche Flugbahnen durch die Klassen, und die Schüler konnten es nicht mehr in den Schulräumen aushalten. Aber auch den Lehrern musste man große Überreiztheit und Aufregung vorwerfen, denn sie erdrückten die Knaben mit übermäßigen Strafarbeiten.

Noch ein anderes Phänomen! Alle bis jetzt so mäßigen Quiquendonianer, sie, die Schlagsahne zu ihrem Hauptnahrungsmittel gemacht hatten, begingen wahre Exzesse im Essen und Trinken. Ihr gewöhnliches Régime reichte nicht mehr aus; jeder Magen schien sich in einen Abgrund verwandelt zu haben, der wohl oder übel mit den wirksamsten Mitteln gefüllt werden musste. Der Verbrauch von Nahrungsstoffen war der dreifache, und statt zweier Mahlzeiten pflegte man jetzt sechs zu halten; natürlich konnten zahlreiche Verdauungsbeschwerden nicht ausbleiben. Rat Niklausse wusste seinen Hunger nicht zu stillen, und der Bürgermeister van Tricasse konnte seinen Durst nicht zum Schweigen bringen, so daß er sich fortwährend in einer Art Halbtrunkenheit befand.

Überall gaben sich die beunruhigendsten Symptome kund und häuften sich von Tag zu Tage.

Man begegnete auf Schritt und Tritt Betrunkenen, und unter denselben oft sogar Notabeln.

Der Arzt Dominique Custos hatte enorm viel zu tun, um Nervenfieber und Magenkrämpfe zu heilen, und schon dies allein lieferte wohl hinreichenden Beweis dafür, in wie gewaltsamer Weise die Nerven der Bevölkerung angespannt waren.

Auf den ehemals so öden Gassen hörte man täglich Streit und Zank, und die Volksmenge wogte lebhaft auf ihnen hin und her, denn Niemand mochte mehr ruhig in seiner Behausung bleiben.

Eine neue Polizei musste geschaffen werden, um die Störer der öffentlichen Ordnung im Zaume zu halten, und ein Arrestlokal wurde eingerichtet, das Tag und Nacht mit Widerspenstigen bevölkert war. Kommissar Passauf war hundemüde!

Eine Heirat wurde während dieser denkwürdigen Zeit in weniger als zwei Monaten abgeschlossen, und zwar zwischen dem Sohn des Steuereinnehmers Rupp und einer Tochter der schönen Augustine von Rovere. Die Hochzeit fand statt genau siebenundfünfzig Tage, nachdem er um ihre Hand angehalten hatte!

Auch andere Heiraten, die in früheren Zeiten ganze Jahre nur Projekt geblieben wären, machten sich jetzt im Fluge, und der Bürgermeister konnte sich nicht genug darüber wundern, wie seine Tochter, die reizende Suzel, ihm unter den Händen durchschlüpfte.

Was die liebenswürdige Tatanémance anlangt, so hatte sie bereits unter der Hand gewagt, den Kommissar Passauf in Betreff einer Vereinigung zu sondieren, die ihr alle Elemente des Glücks, der Jugend, der Ehrbarkeit und des Vermögens zu vereinigen schien! ...

Endlich fand sogar – o Abgrund alles Abscheulichen! – ein Duell statt, und zwar ein Pistolenduell mit Reiterpistolen auf fünfundsiebenzig Schritt Distance! Zwischen wem denn aber? Unsere Leser würden es schwerlich erraten: zwischen Herrn Frantz Niklausse, dem friedlichen Angler, und Simon Collaert, dem Sohn des reichen Bankiers.

Und die Ursache des Duells – war des Bürgermeisters eigene Tochter, in die Simon sich sterblich verliebt hatte, und die er den Ansprüchen seines kühnen Nebenbuhlers nicht ohne Kampf überlassen wollte! –

Elftes Kapitel,

in dem die Quiquendonianer einen heroischen Entschluss machen.

Man hat gesehen, in welchem bedauernswürdigen Zustand sich die Bevölkerung von Quiquendone befand. Die Köpfe waren in Gärung; man kannte sich und seine Freunde nicht mehr wieder. Die friedlichsten Leute brachen Streit und Zank vom Zaum, und man durfte Niemanden schief ansehen, ohne befürchten zu müssen, daß sofort Cartellträger geschickt würden. Einige der Herren hatten sich einen Schnurrbart stehen lassen, und andere – die Haupt-Kampfhähne – stolzierten mit einem Knebelbart einher.

Unter solchen Verhältnissen wurde die Verwaltung der städtischen Angelegenheiten, die Aufrechterhaltung der Ordnung in öffentlichen Gebäuden und auf der Straße äußerst schwierig, denn die verschiedenen Ämter waren für einen ganz anderen Zuschnitt der Dinge organisiert worden. Der Bürgermeister – dieser würdige Vater der Stadt, den wir als einen sanften, durchaus maßvollen Mann kennen lernten, der ganz außer Stande war, irgend eine Entscheidung zu treffen – derselbe Bürgermeister hörte nicht auf zu toben und zu wüten. Das Haus hallte wieder von dem Schall seiner Stimme; er erließ täglich mindestens zwanzig Verordnungen, erteilte seinen Beamten eine Nase über die andere und war bereit, die Akte seiner Verwaltung selbst zur Ausführung zu bringen.

Ach! welche Veränderung! Wo war die Ruhe der ehemals so echt flämischen Bürgermeisterwohnung geblieben? Welche Haushaltungsszenen spielten sich jetzt täglich und stündlich in ihren Mauern ab? Frau van Tricasse war mürrisch und launenhaft geworden und schalt mit ihrem Gatten um die Wette. Es gelang ihm nur noch, ihre Stimme zu übertönen, weil er lauter schreien konnte als sie; seine Frau zum Schweigen zu bringen, wäre aber auch für ihn ein Ding der Unmöglichkeit gewesen. Frau van Tricasse ärgerte sich über Alles und Jedes. Nichts wollte ihr gelingen; der Dienst wurde schlecht besorgt, Niemand kam zur rechten Zeit; sie klagte sowohl Lotchè als auch ihre Schwägerin Tatanémance an, und diese ließ es an scharfen Erwiderungen nicht fehlen. Natürlich hatte Herr van Tricasse nichts Besseres zu tun, als seiner Magd Lotchè die Stange zu halten, wie man das ja überall, selbst in den besten Haushaltungen, finden kann. Die Folge davon: permanente Erbitterung der Frau Bürgermeisterin, Schimpfen, Zanken, Schelten – kurz unaufhörliche Szenen des Haders und der Zwietracht.

»Was ist aus uns geworden? rief der unglückliche Bürgermeister eines Tages aus. Welcher Geist ist in uns und unsere Stadt gefahren? Sind wir denn vom Teufel besessen? Ach! Frau van Tricasse, Frau van Tricasse, Du wirst mich noch vor der Zeit unter die Erde bringen und so gegen die altehrwürdigen Traditionen unserer Familie verstoßen!«

Der Leser wird sich vielleicht noch an die sonderbare Pflicht des Herrn van Tricasse erinnern, daß er Wittwer werden und sich wieder verheiraten musste, um nicht eine Kette der bindendsten Convenienzen zu unterbrechen.

Außerdem erzeugte diese merkwürdige Stimmung der Geister noch andere Wirkungen, von denen wir notwendig hier berichten müssen. Die Überreiztheit und unnatürliche Aufregung, deren Ursache uns bis letzt entgangen ist, rief physiologische Neugeburten hervor, die schwerlich Jemand erwartet hätte. Talente, die sonst unbekannt geblieben wären, tauchten auf; verborgene Genies enthüllten sich, und bis zur Zeit ganz mittelmäßige Künstler erschienen in einem neuen, vorteilhafteren Licht. Politiker und Gelehrte wuchsen gleichsam aus der Erde hervor; Redner bildeten sich an den schwierigsten Erörterungen und setzten ihr Auditorium in Feuer und Flammen, wozu übrigens bei den jetzigen Zeitläuften nicht eben viel gehörte. Aus den Ratssitzungen ging die Bewegung in die öffentlichen Versammlungen über, und ein Club wurde gegründet; andererseits aber erschienen etwa zwanzig neue Tageblätter in der Stadt, die unter anderen folgende Namen führten: »Der Beobachter in Quiquendone«, »Der Unparteiische von Quiquendone«, »Der Radicale von Quiquendone«, »Der Ultramontane von Quiquendone«; sie wurden sämtlich mit großem Eifer redigiert, und handelten wichtige soziale Fragen ab.

Aber was für Fragen? wird man erstaunt ausrufen. Nun diese und jene, wie sie sich eben boten. Bald wurde die Sache mit dem Audenarder Turm, der sich inzwischen immer entschiedener nach einer Seite neigte, und den die eine Partei einreißen, die andere stützen wollte, näher ventiliert; ferner unterzog man die neuen Polizeiverordnungen, die der Rat ergehen ließ, und denen sich harte Köpfe widersetzten, einer Kritik, und endlich wurde über die Wasserangelegenheit, Reinigung der Kanäle u. dgl. m. hin- und hergestritten.

Doch das Alles würde man den stürmischen Rednern gern verziehen haben, wenn sie sich nur nicht, von dem Strome fortgerissen, über diese Fragen hinausgewagt und es versucht hätten, Quiquendone in die Wechselfälle eines Krieges zu verflechten.

Wirklich hatte die Stadt seit acht- bis neunhundert Jahren einen ganz vorzüglichen casus belli in ihrem Archive liegen, aber bis jetzt war er, gleich einer kostbaren Reliquie, aufbewahrt worden, und hatte es den Anschein, als solle er unbenutzt liegen bleiben.

Der besagte casus belli war bei folgender Gelegenheit entstanden:

Es ist allgemein unbekannt, daß Quiquendone eine kleine Nachbarstadt mit Namen Virgamen hatte, und das Territorium der beiden Gemeinden dicht an einander grenzte.

Nun war es geschehen, daß zur Zeit des Grafen Balduin, kurz vor dem Kreuzzuge im Jahre 1185, eine Kuh, und zwar eine Gemeindekuh, was wohl zu beachten ist, aus Virgamen herübergekommen war und auf dem Gebiet von Quiquendone gegrast hatte. Die unglückliche Wiederkäuerin hatte wohl kaum »Von der Wiese einen Raum, drei Mal so breit wie ihre Zunge abgeschoren«[6], aber die Übertretung, das Vergehen, die Untat, oder wie man es nennen will, war begangen worden, und durch ein zu jener Zeit aufgenommenes Protokoll konstatiert, denn schon damals singen die Behörden an, sich der Schreibekunst zu bedienen.

»Der Augenblick, da wir uns rächen werden, wird dereinst kommen, hatte Natalis van Tricasse, der zweiunddreißigste Vorgänger des gegenwärtigen Bürgermeisters, im Anno 1185 bemerkt; den Virgamenern soll ihre verdiente Strafe nicht geschenkt werden!«

Aber da die Virgamener bis jetzt auf ihre angekündigte Rache gewartet hatten, ohne daß irgend ein Schritt von Seiten der Quiquendonianer erfolgt wäre, glaubten sie nicht ohne Grund, daß die Erinnerung an das ihnen zugefügte Unrecht mit der Zeit erstorben sei, und lebten nun bereits seit mehreren Jahrhunderten im besten Einvernehmen mit ihren Nachbarn.

Sie rechneten jedoch ohne den Wirt, oder vielmehr ohne die sonderbare Epidemie, die den Charakter der Quiquendonianer so radical verändert und in ihrem Herzen das lange schlummernde Rachegefühl angefacht hatte. Im Club der Monstrelet-Straße warf der hitzige Advokat Schut seinen Zuhörern plötzlich die betreffende Frage in's Gesicht und ent-

6 Anspielung auf eine Stelle in Lafontaine's Fabel Les animaux malades de la peste.

»Nach Virgamen! Nach Virgamen!«

flammte ihren Zorn, indem er sich auf's freigebigste all der Metaphern und Floskeln bediente, die bei solchen Gelegenheiten an der Tagesordnung zu sein pflegen. Er erinnerte an das Delictum, erinnerte an das gegen die Gemeinde Quiquendone begangene Unrecht und machte darauf aufmerksam, daß man bei einer »auf ihre Rechte eifersüchtigen Nation« keine Verjährung statuieren dürfe. Er wies auf die schreiende Beleidigung, die noch immer blutende Wunde hin, sprach von einem gewissen eigentümlichen Kopfschütteln der Einwohner von Virgamen, das schon genugsam zeige, wie sehr sie die Quiquendonianer verachteten; er warf seinen Landsleuten vor, daß sie bereits Jahrhunderte lang diese Beschimpfung ertragen hätten, und beschwor die Kinder der altehrwürdigen Stadt, kein anderes Objectiv mehr zu haben, als eine glänzende Genugtuung für die erlittene Schmach! Endlich appellierte er an »alle lebendigen Streitkräfte« der Nation.

Der Enthusiasmus, mit welchem diese für quiquendonianische Ohren so ungewohnten Worte aufgenommen wurden, war unbeschreiblich; alle Zuhörer hatten sich von ihren Sitzen erhoben und verlangten mit heftigen Gesticulationen und lautem Geschrei »Krieg!« Nie hatte Advokat Schut bis jetzt einen solchen Erfolg gehabt; derselbe war in der Tat brillant!

Der Bürgermeister, der Rat und alle Notabeln, die dieser denkwürdigen Szene beiwohnten, wären außer Stande gewesen, dem Drängen des Volkes Einhalt zu tun, auch wenn sie das wirklich gewollt hätten. Dies Letztere war jedoch durchaus nicht der Fall, und sie schrien, wenn möglich, noch lauter wie alle anderen:

»Nach der Grenze! Nach der Grenze!«

Die Grenze war aber nur drei Kilometer von Quiquendone entfernt, und so konnten die Virgamener wirklich in Gefahr kommen, überfallen zu werden, noch ehe sie sich irgendwie darauf vorbereitet hatten. –

Indessen bemühte sich der ehrenwerte Apotheker, Herr Josse Liefrink, der bei diesen bedenklichen Verhandlungen allein den Kopf oben behalten hatte, seinen Mitbürgern begreiflich zu machen, daß es zu einem Kriege an Gewehren, Kanonen und Generalen mangele; als Antwort wurde ihm jedoch nur die Versicherung, daß man in diesem Falle auch Feldherren und Gewehre improvisieren könne, und daß schon die Begeisterung für die gute Sache und der Patriotismus ein Volk unwiderstehlich mache.

Hierauf nahm der Bürgermeister selbst das Wort; er hielt eine Rede aus dem Stegreif, saß zu Gericht über feigherzige Leute, die ihre Furcht unter dem Schleier der Vorsicht zu verbergen strebten, und zerriß diesen Schleier mit kühner, patriotischer Hand.

Es hätte Niemanden Wunder nehmen können, wenn der Saal in diesem Augenblicke unter dem donnernden Beifallslärm eingestürzt wäre.

Man verlangte stürmisch nach Abstimmung, und da diese durch Acclamation erzielt werden sollte, verdoppelte sich das Geschrei:

»Nach Virgamen! Nach Virgamen!«

Der Bürgermeister verpflichtete sich nun, die Armee zusammenzubringen, und verhieß demjenigen seiner Feldherren, der als Sieger heimkehren würde, die Ehren eines Triumphs, wie er zur Zeit der Römer üblich war.

Der Apotheker Josse Liefrink wollte, obgleich seine Ansicht zurückgeschlagen war, doch nicht gern diesen Schein auf sich haften lassen und suchte sich noch durch eine Bemerkung Geltung zu verschaffen. Er hob hervor, daß den siegreichen römischen Feldherren nur dann ein Triumph bewilligt worden wäre, wenn sie dem Feinde fünftausend Mann getödtet hatten …

»Sehr gut! Sehr gut! Einverstanden! schrien die Anwesenden wie von Sinnen.

– Da sich aber die Bevölkerung der Gemeinde Virgamen nur auf 3575 Seelen beläuft, nahm der Apotheker wieder das Wort, so würde das seine Schwierigkeiten haben, wir müssten denn ein und dieselbe Person mehrmals töten...«

Aber der unglückliche Logiker konnte nicht ausreden, denn man hatte ihn bereits von mehreren Seiten gepackt, und er wurde halb zerstoßen und zerquetscht zur Tür hinausgeworfen.

»Bürger, hub jetzt der Krämer und Detaillist Pulmacher an, mag der feigherzige Pharmaceut sagen, was ihm beliebt, ich aber für meine Person mache mich anheischig, fünftausend Virgamener zu töten, wenn Ihr meine Dienste annehmen wollt.

– Fünftausend fünfhundert! schrie ein noch resoluterer Patriot.

– Wollte ich sagen, sechstausend sechshundert! verbesserte sich der Krämer.

– Siebentausend! rief der Konditor Johann Orbideck aus der Hemling-Straße, der auf bestem Wege war, sein Glück in Schlagsahne zu machen.

– Zugesprochen!« schrie der Bürgermeister van Tricasse, als er bemerkte, daß ein Moment des Schweigens eintrat und Niemand mehr zu bieten wagte.

Und der Konditor Johann Orbideck war hiermit zum Oberfeldherrn der Truppen von Quiquendone ernannt.

Zwölftes Kapitel,

in dem der Famulus Ygen eine vernünftige Meinung äußert, die aber von Doktor Ox energisch zurückgewiesen wird.

»Nun, Meister? begann andern Morgens Famulus Ygen, als er in den Trog seiner ungeheuren Säulen einen Eimer Schwefelsäure nach dem andern goss.

– Nun, habe ich nicht Recht gehabt? erwiderte Doktor Ox, die physische Entwickelung, die Moralität, die Würde, die Talente, der politische Sinn einer Nation hängen einzig und allein von den Molekülen ab...

– Das wohl, aber …

– Aber?...

– Meinen Sie nicht auch, daß wir jetzt die Sache weit genug getrieben haben, und daß den armen Teufeln jetzt Ruhe zu gönnen wäre?

– Nein! nein! rief der Doktor, o nein, gewiss nicht! ich werde meinen Plan bis zum Ziel verfolgen.

– Wie Sie wollen, Meister, aber der Versuch ist doch jetzt vollständig durchgeführt, und ich denke wirklich, es wäre Zeit …

– Wozu?

– Nun, den Hahn zu schließen.

– Was ficht Sie an? rief Doktor Ox. Noch ein Mal eine solche Bemerkung, und ich erwürge Sie!«

Dreizehntes Kapitel,

in dem noch einmal bewiesen wird, daß man, von einem erhabenen Standpunkt aus, alle Erbärmlichkeiten des menschlichen Lebens beherrscht.

»Sie meinen also? fragte der Bürgermeister van Tricasse den Rat Niklausse.

– Ich meine, daß der Krieg unvermeidlich ist, lautete die in festem Ton gesprochene Antwort, und daß die Stunde geschlagen hat, wo unsere Beschimpfung gerächt werden soll.

– Nun! ich kann Ihnen nur wiederholen, versetzte der Bürgermeister in scharfem Ton, daß die Bevölkerung von Quiquendone ihres Namens unwert sein würde, wollte sie diese Gelegenheit, ihr Recht in Anspruch zu nehmen, unbenutzt vorübergehen lassen.

– Und ich erkläre Ihnen, daß unsere Cohorten sich ohne Zögern versammeln und vorrücken müssen.

– Wirklich? Herr, wirklich? und so wagen Sie zu mir zu sprechen?

– Ja, zu Ihnen, Herr Bürgermeister; mögen Sie immerhin einmal die Wahrheit hören, wenn sie Ihnen auch etwas bitter schmecken mag.

– Sie selber sollen die Wahrheit zu hören bekommen, Herr Rat, schrie wütend der Bürgermeister, und besser aus meinem Munde, als von irgend sonst Jemand! Herr! jede Verzögerung würde entehrend für uns sein. Neunhundert Jahre lang hat die Stadt auf den Augenblick der Genugtuung für die erlittene Schmach gewartet, und jetzt werden wir auf den Feind losmarschieren, mögen Sie sagen, was Sie wollen, mag es Ihnen so passen oder nicht!

– Ah! also von dieser Seite fassen Sie die Sache auf, erwiderte derb der Rat. Nun, beruhigen Sie sich, wir werden ohne Sie ausziehen, wenn es Ihnen nicht beliebt mitzukommen!

– Oho! der Bürgermeister steht oben an und hat zu entscheiden, Herr!

– Ein Rat auch, Herr van Tricasse!

– Sie beleidigen mich, Herr, indem Sie allen meinen Entschließungen entgegen arbeiten, rief der Bürgermeister, dessen Fäuste sich krampfhaft ballten, als wollten sie sich in schlagende Projektile verwandeln.

– Und Sie beleidigen mich, indem Sie meinen Patriotismus in Zweifel ziehen, rief Niklausse, der sich gleichfalls zum, 'Zuschlagen' bereit machte.

– Ich sage Ihnen, Herr, daß die Armee in zwei Tagen von Quiquendone ausmarschieren wird!

– Und ich wiederhole auf das Entschiedenste, daß nicht

achtundvierzig Stunden vergehen werden, ohne daß wir bereits vor dem Feinde stehen!«

Man kann aus diesem Bruchstück der Unterhaltung leicht abnehmen, daß die beiden Sprecher genau dasselbe wollten. Beide beabsichtigten die Schlacht; aber da die übergroße Aufregung den Rat sowohl als den Bürgermeister vollständig absorbierte, hörte Keiner auf die Worte des Anderen und glaubte, daß ihm widersprochen würde; die Unterredung hätte nicht stürmischer sein können, wenn Beide ganz entgegengesetzter Ansicht gewesen wären.

Die beiden Männer, früher so gute Freunde, warfen sich die wildesten Blicke zu, und an ihren hochgeröteten Wangen, den zusammengezogenen Pupillen, dem Zittern ihrer Muskeln und vor Allem an ihrer Stimme, die zu einem förmlichen Brüllen ausartete, merkte man, daß sie bereit waren, auf einander loszugehen.

In dem Augenblick aber, wo die Gegner handgemein werden wollten, hielt der Schlag einer Turmuhr sie in ihrem Eifer auf.

»Endlich ist die Stunde herangekommen, rief der Bürgermeister aus.

– Welche Stunde? fragte der Rat.

– Die Stunde, da wir uns auf den Turm zur Sturmglocke begeben wollten.

– Richtig, und ob es Ihnen nun lieb ist oder nicht, ich werde hingehen, Herr!

– Und ich auch.

– Gehen wir!

– Ja, gehen wir!!«

Diese letzten Worte hätten der Vermutung Raum geben können, daß eine feindliche Begegnung in Aussicht genommen war, und daß die Gegner sich auf den Kampfplatz begeben wollten; aber dem war durchaus nicht so. Man hatte verabredet, daß der Bürgermeister und Rat Niklausse – als die beiden Hauptnotabeln der Stadt – nach dem Rathause gehen, und von dem sehr hohen Turm desselben die umliegende Landschaft einer genauen OcularInspection unterwerfen sollten, um hiernach ihre strategischen Anordnungen für den Marsch der Truppen etc. treffen zu können.

Obgleich beide Herren in Bezug auf ihren Gesprächsgegenstand vollkommen einer Meinung waren, hörten sie unterwegs nicht auf, sich zu zanken. Ihre Stimme hallte in den Straßen wieder, aber da sämtliche Vorübergehende ganz ebenso schrien wie sie, hatte das nichts besonders Auffallendes, und Niemand achtete darauf. Wäre zu jetzigen Zeiten Jemand ruhig seines Weges gegangen, man hätte ihn als ein Ungeheuer angesehen.

Bürgermeister und Rat waren im Paroxysmus ihrer Wut bis an die Vorhalle zu den Sturmglocken gekommen; der Zorn färbte ihre Gesichter nicht mehr rot, sondern blaß; denn obgleich sie bei der Erörterung ganz dieselbe Ansicht gehabt hatten, war die Aufregung so groß gewesen, daß sie ihnen in die Eingeweide gefahren war und ihnen Krämpfe verursacht hatte. Bekanntlich legt die Blässe Zeugnis dafür ab, daß der Zorn auf die äußerste Grenze gestiegen ist.

An der untersten Stufe der engen Turmtreppe fand eine förmliche Explosion statt. Wer sollte vorangehen? wer zuerst die Stufen der Wendeltreppe erklimmen? Wollen wir der Wahrheit treu bleiben, so müssen wir berichten, daß die beiden Notabeln sich hin- und herpufften wie die Gassenjungen, und daß schließlich Rat Niklausse, der, wie es schien, alle Rücksicht gegen seinen Vorgesetzten, den ersten Beamten der Stadt, vergessen hatte, Herrn van Tricasse mit Gewalt bei Seite stieß und das dunkle Schneckengewinde hinaufkletterte. Man musste zuerst auf allen Vieren kriechen, und die beiden Herren warfen sich während dieser gemeinsamen Promenade im Finstern so unzweideutige Bezeichnungen an den Kopf, daß man wirklich befürchten musste, es würde oben, auf der dreihundertsiebenundfünfzig Fuß hohen Plattform des Turms, zu einer entsetzlichen Szene kommen.

Aber die beiden Freunde liefen sich bald außer Atem, und als sie auf der achtzigsten Stufe etwa angekommen waren, stiegen sie nur noch schwer und langsam empor und schnappten laut nach Luft.

Dann aber – war es eine Folge ihrer Atemnot oder hatte sich ihr Zorn gelegt? – hörte man nichts mehr von Schelten und Lärmen. Sowohl Herr van Tricasse wie Rat Niklausse verstummten allmälig, und es schien, als vermindere sich ihre Exaltation, je höher sie sich über die Stadt erhoben.

Es war, als ob sich eine sanft beschwichtigende Ruhe über ihren Geist legte; die Aufregung ihres Gehirns schwand nach und nach, wie eine Kaffeekanne aufhört zu sieden, wenn man sie von der heißen Platte entfernt. Wie kam das?

Auf diese Frage können wir keine Antwort geben, so viel aber steht fest: als die beiden Gegner an einem Treppenabsatz, zweihundertsechsundsechzig Fuß über dem Niveau der Stadt, ankamen, setzten sie sich nieder und schauten sich ruhig, ja wirklich ruhig und ohne allen Zorn an.

»Ach, sind die Treppen steil! rief klagend der Bürgermeister und fuhr mit dem Taschentuch über das vor Anstrengung rote, glänzende Gesicht.

– Gewiss, sehr steil! bestätigte der Rat. Sie wissen doch, daß wir vierzehn Fuß mehr steigen, als die Höhe des St. Michael-Turms in Hamburg beträgt?

– Nun freilich«, erwiderte der Bürgermeister in einem Ton der Eitelkeit, der bei der ersten Autorität Quiquendone's in diesem Fall wohl verzeihlich war.

Nach wenigen Augenblicken der Ruhe nahmen die beiden Notabeln ihre Kletterpartie wieder auf, nicht ohne ab und zu einen neugierigen Blick auf die Schießscharten in der Mauer des Turmes zu werfen. Der Bürgermeister hatte sich an die Spitze der Karawane gestellt und der Rat machte auch nicht

»Der Bürgermeister steht oben an und hat zu entscheiden.«

die geringste Bemerkung darüber. Ja, als man ungefähr an der dreihundertundvierten Stufe angelangt, und der Bürgermeister vollständig kreuzlahm war, unterstützte ihn Niklausse gefällig im Rücken, und der Bürgermeister ließ es ruhig geschehen. Als er oben auf der Plattform ankam, sagte er mit dem alten huldvollen Ton:

»Ich danke Ihnen, Niklausse, ich werde Ihnen diesen Liebesdienst nicht vergessen.« Noch am Fuße des Turms zwei wilde Tiere, bereit sich zu zerreißen, kamen sie als die besten Freunde oben auf der Plattform an.

Das Wetter war prächtig; man befand sich im Monat Mai, und die Sonne hatte alle Dünste aufgesogen. Welch klare, reine Luft! Das Auge konnte bis auf weite Entfernung hinaus die kleinsten Gegenstände erkennen. Dort tauchten die weißen Mauern von Virgamen, seine roten Dächer, und die an einzelnen Stellen durchbrochen gebauten Glockentürmchen auf; so friedlich lag die Stadt da, und war doch schon jetzt allen Schrecken der Kriegsfackel und der Plünderung geweiht!

Bürgermeister und Rat hatten sich auf einer kleinen steinernen Bank neben einander gesetzt, wie zwei brave Menschen, deren Seelen in inniger Sympathie verschmelzen. Keuchend und außer Atem sahen sie auf das Panorama zu ihren Füßen herab; dann, nach einigen Augenblicken des Schweigens, rief der Bürgermeister plötzlich aus:

»Wie schön ist das!

– Ja, es ist herrlich! stimmte der Rat bei; glauben Sie nicht auch, mein würdiger van Tricasse, daß die Menschheit viel mehr dazu bestimmt ist, in solchen Höhen zu wohnen, als ewig auf der Rinde unseres Sphäroids umher zu kriechen?

– Ich denke wie Sie, ehrenwerter Niklausse; ich denke ganz wie Sie, stimmte der Bürgermeister zu. Man erfasst hier oben besser den Gedanken, der sich von dem Irdischen löst; man erfasst ihn mit allen Sinnen, möchte ich sagen. In solchen

Die beiden Freunde gingen um den Altan.

Höhen müssten die Philosophen gebildet werden, müssten die Weisen hoch über den Misèren dieser Welt leben!

– Gehen wir einmal rings um die Galerie? fragte der Rat.

– Ja, gehen wir um die Galerie«, sagte der Bürgermeister.

Und die beiden Freunde gingen, Einer auf den Arm des Andern gestützt wie ehemals, und lange Pausen zwischen ihren Fragen und Antworten einhaltend, um den Altan und prüften alle Punkte des Horizonts.

»Seit mindestens siebzehn Jahren bin ich nicht hier oben gewesen, bemerkte van Tricasse.

– Ich glaube nicht, daß ich jemals außer heute den Turm erstiegen habe, erwiderte Niklausse, und ich bedauere das wirklich, denn die Aussicht von hier oben ist erhaben schön! Sehen Sie, mein Freund, wie reizend sich der Vaar dort zwischen den Bäumen hinschlängelt.

– Und weiterhin die Höhen von Saint-Hermandad! wie anmutig grenzen sie den Horizont ab! Wie malerisch hat die Natur diese Gruppen grüner Bäume formiert! Ach, die Natur, die Natur, Niklausse! wie kann sich je mit ihr messen, was Menschenhand erschuf?

– Es ist wahrhaft entzückend, mein trefflicher Freund, versetzte der Rat; sehen Sie hier diese Heer den auf der grünenden Wiese; diese Rinder, Kühe und Hammel... –

– Und diese Arbeiter auf den Feldern; man könnte sie allenfalls für arkadische Hirten halten; es fehlt ihnen nur die Schalmei!

– Und über dem ganzen fruchtbaren Lande der schöne blaue Himmel, den kein Wölkchen trübt. Ach, Niklausse, man könnte hier zum Dichter werden! Ich begreife nicht, warum der heilige Simeon der Stylit nicht der größte Poet der Welt gewesen ist.

– Vielleicht, weil seine Säule nicht hoch genug war«; meinte der Rat mit sanftem Lächeln.

In diesem Augenblick setzte sich das Glockenspiel von Quiquendone in Bewegung; und die abgestimmten Glöckchen ließen eine ihrer lieblichsten Melodien erklingen. Die beiden Freunde gerieten förmlich in Extase.

Plötzlich hub der Bürgermeister mit seiner ruhigen Stimme an:

»Aber, Freund Niklausse, was wollten wir eigentlich hier oben auf dem Turme machen?

– Ich glaube gar, fügte der Rat hinzu, wir lassen uns von unsern Träumereien hinreißen...

– Weshalb, in aller Welt, sind wir hier herausgegangen, fragte Herr van Tricasse noch ein Mal.

– Doch wohl, um diese reine Luft einzuatmen, die durch menschliche Schwächen nicht verpestet wird, gab Niklausse zur Antwort.

– So wollen wir jetzt wieder hinabsteigen, Freund Niklausse.

– Ja, lassen Sie uns hinabsteigen, Freund Tricasse.«

Die beiden Notabeln warfen noch einen Blick auf das wundervolle Landschaftsbild, das sich vor ihren Augen entrollte, und dann machten sich Beide, der Bürgermeister voran, langsamen Schrittes wieder auf den Rückweg. Rat Niklausse ging einige Stufen hinterher. Jetzt waren sie an dem Treppenabsatz angekommen, auf dem sie sich beim Hinaufsteigen ausgeruht hatten, und schon begann von Neuem ein Rot der Erregung ihre Wangen zu färben. Sie blieben einen Augenblick stehen und setzten dann mit gestärkten Kräften ihren Weg fort.

Nach einer Minute wandte der Bürgermeister den Kopf und bat, daß Niklausse seine Schritte mäßigen möchte, da er ihn »geniere«, und als Beide ungefähr zwanzig Stufen weiter gekommen waren, befahl er ihm nachdrücklich, stehen zu bleiben, damit er einen Vorsprung gewinnen könne.

Niklausse erwiderte unartig, er habe keine Lust, fortwährend zu warten, bis es dem Herrn Bürgermeister gefällig sei, und ging ruhig weiter.

Tricasse entgegnete nicht weniger scharf, und nun entfuhr dem gereizten Rat eine verletzende Anspielung auf das Alter des Bürgermeisters, der doch durch seine Familientraditionen dazu bestimmt war, noch eine zweite Hochzeit zu feiern.

Herr van Tricasse gab seinem Rat zu verstehen, daß diese Äußerung nicht ohne bedenkliche Folgen für ihn bleiben werde, und ging noch zwei Stufen weiter hinunter; nun aber verlangte Niklausse, daß er vorangehen wolle, und da die Treppe schmal und an dieser Stelle ganz dunkel war, musste der dadurch herbeigeführte Zusammenstoß sehr gefährlich werden.

Von den Ehrentiteln, die jetzt zwischen den beiden Herren hin und wieder flogen, nenne ich »Tölpel« und »ungehobelter Mensch« nur als die harmlosesten.

»Wir werden ja sehen, Sie größter aller Dummköpfe, was für eine Rolle Sie in unserem Kriege spielen und in welcher Reihe Sie marschieren werden! rief der Bürgermeister.

– Jedenfalls in der Reihe vor der Ihrigen, Sie alberner Kerl!« rief Niklausse zurück.

Dann folgte neues Geschrei, und es klang, als ob zwei Körper an einander prallten.

Wie war ein so plötzlicher Stimmungswechsel möglich? wie konnten sich diese beiden, oben noch so friedlichen Schafe zweihundert Fuß tiefer in Tiger verwandeln?

Wir wissen das Rätsel nicht zu lösen; als aber der Turmwächter, von einem lauten Geschrei aufgescheucht, die Tür zur Treppe öffnete, sah er Bürgermeister und Rat mit argen Quetschungen und Contusionen herankommen. Sie rauften einander aufs Jämmerlichste an den Haaren, die glücklicher Weise nur an Perrücken saßen, und ihre Augen quollen ihnen fast aus den Köpfen.

»Sie sollen mir Genugtuung geben! rief der Bürgermeister, und versetzte seinem Gegner einen wuchtigen Faustschlag unter die Nase.

– So wie es Ihnen beliebt!« heulte Rat Niklausse, indem er mit seinem rechten Bein eine fast unglaubliche Schwenkung ausführte.

Der Wächter war gerade selbst in erbitterter Stimmung; »warum«, wäre wohl schwer zu sagen gewesen, und fand deshalb diese stürmische Szene ganz in der Ordnung. Ich weiß nicht, welche persönliche Überaufregung ihn dazu trieb, sich in die Sache zu mischen, er wußte sich jedoch zu beherrschen, und begnügte sich im Stadtviertel die Nachricht zu verbreiten, daß zwischen dem Bürgermeister van Tricasse und dem Rat Niklausse nächstens ein Zweikampf statthaben würde.

Vierzehntes Kapitel,

in dem die Dinge so weit getrieben werden, daß die Einwohner von Quiquendone, die Leser und sogar der Verfasser auf sofortige Lösung dringen.

Bis zu welchem Grade die Exaltation der quiquendonianischen Bevölkerung sich erheben konnte, ist wohl genugsam durch den zuletzt mitgeteilten Vorfall bewiesen. Die beiden ältesten Freunde der ganzen Stadt, sie, die vor Eindrang des Übels die Sanftmut selbst waren, hatten sich zu einem solchen Akt der Gewalt hinreißen lassen, und zwar nur wenige Minuten, nachdem ihre alte Sympathie, ihre liebenswürdige Nonchalance, ihr beschauliches Temperament oben auf dem Turme die Oberhand gewonnen hatten.

Als Doktor Ox von diesem Vorgang erfuhr, konnte er seine Freude kaum beherrschen, und lehnte sich entschieden gegen die Ansicht seines Famulus auf, der ihn um Mäßigung bat und prophezeite, daß die Sache ein böses Ende nehmen würde.

Übrigens waren Doktor Ox und sein Famulus Ygen der allgemeinen Exaltation ebenso wohl unterworfen wie die ganze übrige Bevölkerung, und es kam bei ihnen zu einem Zank, wie heute Morgen zwischen dem Bürgermeister und Rat.

Übrigens müssen wir hier bemerken, daß sich gegenwärtig alle Interessen in einer Frage konzentrierten, und so jede feindliche Begegnung, die nicht mit der virgamen'schen Angelegenheit zusammenhing, vorläufig in den Hintergrund geschoben wurde. Niemand durfte daran denken, sein Blut unnütz zu vergießen, so lange es bis auf den letzten Tropfen dem von Gefahr bedrohten Vaterland gehörte.

Die Umstände waren wirklich bedenklich geworden; man konnte sich dem nicht mehr verschließen.

Der Bürgermeister van Tricasse war, trotz all seiner kriegerischen Glut, der Meinung gewesen, man dürfe den Feind nicht überfallen, ohne ihn vorher zu benachrichtigen. Er hatte also durch das Organ des Feldhüters, Herrn Hottering, die Virgamener feierlichst ersuchen lassen, ihm Genugtuung für die im Jahre 1195 am Territorium von Quiquendone begangene Rechtsübertretung zu gewähren.

Die Behörden in Virgamen hatten jedoch nicht erraten können, um was es sich handle, und der Feldhüter war trotz seines officiellen Charakters auf sehr Kavaliermäßige Weise an die Luft gesetzt worden.

Vau Tricasse sandte nun den Adjutanten des Konditor-Generals, den Bürger Hildevert Shuman, ab, der ein Gerstenzuckerfabrikant und sehr fester, energischer Mann war; dieser sollte den Behörden Virgamens die genaue Urkunde nebst dem durch die Sorgfalt des Bürgermeisters Natalis van Tricasse im Jahre 1195 aufgenommenen Protokoll bringen

Die Behörden von Virgamen aber brachen in ein schallendes Gelächter aus, und es erging dem Adjutanten nicht um ein Härchen besser als Herrn Hottering, dem Feldhüter.

Nun setzte der Bürgermeister für die Notabeln der Stadt eine Versammlung an; ein kräftig redigierter Brief wurde in Gestalt eines Ultimatums abgefaßt, der casus belli darin klar dargelegt und gehörig beleuchtet, und schließlich der schuldigen Stadt eine Frist von vierundzwanzig Stunden gewährt, um die Quiquendone angetane Beleidigung wieder gut zu machen.

Der Brief ging ab, kam aber nach wenigen Stunden wieder zurück, und zwar in lauter kleine Stücke zerrissen, die natürlich als eben so viel neue Beleidigungen anzusehen waren. Die Virgamener glaubten die liebenswürdige Geduld der Quiquendonianer zu gut zu kennen, um ihre Reclamation, ihren casus belli und ihr Ultimatum für bare Münze zu nehmen.

Jetzt blieb nur noch Eins zu tun übrig: man musste das Los der Waffen entscheiden lassen, den Gott der Schlachten anrufen und sich, nach dem Beispiel der Preußen, auf die Virgamener stürzen, ehe diese sich vollends gerüstet hatten.

Solches wurde in einer feierlichen Ratssitzung beschlossen, die von Zank- und Scheltworten und drohenden Geberden begleitet und mit einer beispiellosen Heftigkeit geführt wurde. Eine Versammlung von Wahnsinnigen oder Besessenen, ein Club Rasender hätte nicht mit mehr Geschrei und Tumult tagen können.

Sobald die Kriegserklärung bekannt gemacht war, sammelte General Johann Orbideck seine Truppen, gleich 2393 Kämpfern auf eine Bevölkerung von 2393 Seelen. Weder Frauen, Greise noch Kinder wollten zurückbleiben, und jedes Schneide- oder Hiebwerkzeug in der Stadt war ihnen zur Waffe geworden. Alle Flinten waren sofort requierirt worden, und man hatte ihrer fünf ausfindig gemacht, von denen jedoch zweien die Hähne fehlten; sie wurden an die Avantgarde verteilt. Die Artillerie bestand aus der alten Feldschlange des Schlosses, die im Jahre 1339 bei dem Angriff auf Quesnoy erobert, und seitdem, also in fünfhundert Jahren, nie wieder abgefeuert worden war. In der Weltgeschichte wird ihrer als einer der ersten Feuerwaffen Erwähnung getan. Übrigens waren, zum Glück für die Kanoniere, keine Projektile zum Schießen vorhanden, und so diente das alte Geschütz nur dazu, dem Feinde zu imponieren. Die scharfen Waffen hatte man aus dem Museum für Altertümer hervorgeholt; es waren Äxte und Beile aus Kieselstein, Waffenhämmer, Franziskas, fränkische Lanzen, zweischneidige Beile, Partisanen, Raufdegen, und noch viele andere; aber auch aus den Privat-Zeughäusern, genannt Küchen und Werkstätten, wurde so manche Waffe entnommen, und man hoffte, daß der Mut, das gute Recht, der Hass gegen den Fremdling und das Gefühl der Rache das ersetzen würden, was den Mordinstrumenten an Vollkommenheit abging; die Mitrailleusen und Hinterlader glaubte man so entbehren zu können.

Nun wurde eine Musterung vorgenommen, und es erwies sich, daß kein Bürger fehlte. General Orbideck, der auf seinem Pferde, einem etwas boshaften Tiere, saß, fiel zwar drei Mal im Angesicht des Heeres herunter, aber er stand immer wieder auf, ohne sich im geringsten verletzt zu haben, und dies wurde als sehr günstige Vorbedeutung angesehen. Der Bürgermeister, der Rat, der Zivilkommissar, der Oberrichter, der Steuereinnehmer, der Bankier, der Rektor, kurz alle Notabeln der Stadt marschierten an der Spitze, und weder von den Müttern noch von den Schwestern und Töchtern wurde eine einzige Träne vergossen. Sie trieben ihre Gatten, Väter und Brüder nicht nur in den Kampf, sondern folgten ihnen sogar als Nachtrab unter dem Oberbefehl der mutigen Frau van Tricasse.

Die Trompete des Ausrufers Johann Mistrel ertönte; die Truppen setzten sich in Bewegung, ließen ein weithin schallendes wildes Kriegsgeschrei ertönen, und marschierten auf das Audenarder Tor zu.

In dem Augenblick, als die Spitze der Colonne die Mauern Quiquendone's verlassen wollte, eilte ihnen laut schreiend ein Mann entgegen:

»Zurück! Zurück! Tut Euern Narrenstreichen Einhalt! rief er. Kommt wieder zu Euch, ich will den Hahn schließen! Ihr seid ja nicht blutdurstig und grausam, sondern gutmütige, friedliche Bürger! Nur mein Herr, der Doktor Ox, ist Schuld daran, daß Ihr in diesen Zustand der Wut geraten seid; es ist Alles nur ein Experiment, das er unter dem Vorwand, eine Beleuchtung mit Oxyhydrogengas zu schaffen, mit Euch angestellt hat. Er hatte die Luft gesättigt ...«

Der Famulus war außer sich; er wollte noch weiter sprechen, aber in demselben Augenblick, als das Geheimnis des Doktor Ox über seine Lippen kommen sollte, stürzte sein Herr in unbeschreiblichem Zorn auf den unglücklichen Ygen zu und schloss ihm den Mund mit Faustschlägen.

Es entwickelte sich eine Schlacht; der Bürgermeister, Rat Niklausse und die Notabeln der Stadt waren, als sie Ygen sahen, stehen geblieben, jetzt aber stürmten sie, von Erbitterung überwältigt, auf die beiden Fremden ein, ohne auf einen der Beiden zu hören.

Doktor Ox und sein Famulus wurden erbärmlich zerschlagen und zerzaust und sollten soeben auf Befehl des Bürgermeisters van Tricasse in das Arrestlokal abgeführt werden, als ...

Das ganze Heer lag auf dem Boden.

Fünfzehntes Kapitel,

in dem endlich die Lösung erfolgt.

... als plötzlich unter furchtbarem Donner eine Explosion erfolgte. Die ganze Atmosphäre in und um Quiquendone schien in Feuer zu stehen, und eine Flamme von wahrhaft phänomenaler Intensität und Lebhaftigkeit stieg wie ein Meteor bis zum Himmel empor. Wäre es Nacht gewesen, man hätte den Brand bis auf eine Entfernung von zehn Stunden bemerken können.

Das ganze Heer der Quiquendonianer lag auf dem Boden wie eine Schar Kapuzinermönche... Glücklicherweise jedoch fiel Niemand der Explosion zum Opfer; nur hie und da waren einige kleine Schrammen und geringe Verletzungen zu beklagen. Dem Konditor, der zufällig nicht vom Pferde gefallen war, wurde sein Federbusch arg versengt, sonst kam er jedoch ohne Wunde davon.

Was war geschehen?

Ob nun während der Abwesenheit des Doktors und seines Gehilfen irgend eine Unvorsichtigkeit begangen sein musste, oder was sonst die Ursache gewesen – kurz, man erfuhr bald, daß die ganze Gasanstalt in die Luft geflogen war. Man wusste nicht, wie oder weshalb eine Verbindung zwischen dem Reservoir, welches das Oxygen enthielt, und dem Hydrogenbehälter eingetreten war, aber aus der Vereinigung der beiden Gase hatte sich eine detonierende Mischung gebildet, und an diese war jedenfalls ein zündender Funke geraten.

Durch diese Katastrophe trat eine absolute Änderung ein – als sich aber die Armee wieder aufrichtete und man sich nach den beiden Übeltätern umsah, waren Doktor Ox sowohl als sein Famulus Ygen verschwunden.

Sechzehntes Kapitel,

in dem der intelligente Leser sieht, daß er, trotz aller Vorsichtsmaßregeln des Verfassers, recht geraten hatte.

Durch die Explosion verwandelte sich Quiquendone wie durch einen Zauberschlag wieder in dieselbe phlegmatische, stillfriedliche, flämische Stadt, die sie ehedem gewesen war.

Ein Jeder machte sich instinktmäßig wieder auf den Weg nach Hause ohne daß das unvorhergesehene Ereignis einen besonders tiefen Eindruck hervorgebracht hätte. Der Bürgermeister stützte sich auf den Arm des Rat Niklausse, der Advokat Schut ging mit dem Arzt Custos, und Frantz Niklausse mit seinem Nebenbuhler Simon Collaert Arm in Arm, jeder vollkommen ruhig und ohne eine Ahnung von dem, was sich zugetragen hatte. Virgamen und ihre Rache hatten sie längst vergessen; der General stand bereits wieder bei seinen Bäckereien, und der Adjutant kehrte zu dem Gerstenzucker zurück.

Alles war wieder ruhig geworden, hatte den Faden des gewohnten Lebens wieder angeknüpft und ging seinen richtigen Gang. Menschen und Tiere hielten sich aufrecht wie früher, und sogar der Turm auf dem Audenarder Tor – man sollte nicht glauben, wie wunderbar zuweilen Explosionen wirken – der Turm auf dem Andenarder Tor ragte wieder in gerader Richtung zum Himmel empor!

Von nun an fiel nie wieder ein lautes Wort, ereignete sich nie wieder eine Diskussion in Quiquendone, und Politik, Klubs, Prozesse und Stadtsergeanten wurden abgeschafft. Die Stelle des Kommissars schrumpfte wieder zu einer Sinecure zusammen, und wenn man Herrn Passauf seinen Gehalt nicht verkürzte, so lag dies einzig daran, daß Bürgermeister und Rat sich nicht entscheiden konnten, eine Entscheidung zu treffen. Übrigens kehrte sein Bild noch dann und wann in den Träumen der untröstlichen Tatanémance wieder – ohne daß er jedoch eine Ahnung davon gehabt hätte.

Was den Nebenbuhler Frantzens anbetraf, so war er großmütig genug, die reizende Suzel ihrem Verlobten ohne weiteren Kampf zu überlassen, und dieser beeilte sich, sie, die Holde, in fünf bis sechs Jahren heimzuführen.

Frau van Tricasse starb, wie es ihr zukam, zehn Jahre später zu der herkömmlichen Frist, worauf der Bürgermeister sich mit Fräulein Pélagie van Tricasse, seiner Cousine, verheiratete, und zwar unter den günstigsten Verhältnissen für die glückliche Sterbliche, die ihn beerben sollte.

Siebenzehntes Kapitel,

in dem die Theorie des Doktor Ox erklärt wird.

Was hatte der geheimnisvolle Doktor Ox mit alledem bezweckt? Ein phantastisches Experiment und weiter nichts.

Nachdem seine Gasleitung eingerichtet war, hatte er zuerst die öffentlichen Gebäude, dann die Privathäuser und zuletzt die Straßen von Quiquendone mit reinem Oxygen gesättigt, ohne ihnen nur ein Atom Hydrogen zukommen zu lassen.

Wenn dies vollständig geschmack- und geruchlose Gas in so hoher Dosis die Atmosphäre durchdringt und somit eingeatmet wird, erzeugt es in den Organismen die ernstesten Störungen. Lebt man in einem mit Oxygen gesättigten Dunstkreise, so wird man aufgeregt, überreizt, ja förmlich entflammt.

Kaum aber kommt man in die gewöhnliche Atmosphäre zurück, so wird man wieder zu seinem früheren Selbst, was am deutlichsten aus dem Erlebnis der beiden Herren erhellt, die oben an der Sturmglocke in atmungsfähige Luft kamen. Das Oxygen hält sich nämlich mittels seiner Schwere in den unteren Luftschichten.

Wenn man unter solchen Bedingungen lebt und dies Gas einatmet, das physiologisch den Körper ebenso umgestaltet wie den Geist, so stirbt man rasch wie jene Toren, die in diesem Leben über alles Maß hinausgehen.

Die Quiquendonianer konnten also von Glück sagen, daß eine weise Fügung die Explosion herbeiführte und so den gefährlichen Versuchen des Doktor Ox ein Ende machte.

Um die Sache in möglichster Kürze zusammenzufassen und zum Abschluss zu bringen: Sollten denn Tugend, Mut, Talent, Phantasie und alle anderen Eigenschaften und Fähigkeiten des Geistes nur eine Oxygenfrage sein?

Es ist das allerdings die Theorie des Doktor Ox, aber wir haben das Recht, sie anzuzweifeln, und was mich für meine Person betrifft, so weise ich ihre Glaubwürdigkeit ganz entschieden zurück – trotz der phantastischen Experimente, zu deren Schauplatz die ehrwürdige Stadt Quiquendone erkoren ward.

Ende.